# carnaval

OBJETIVA

joão gabriel de lima

# carnaval

romance

OBJETIVA

Todos os direitos desta edição reservados à
EDITORA OBJETIVA LTDA. Rua Cosme Velho, 103
Rio de Janeiro – RJ – CEP: 22241-090
Tel.: (21) 2199-7824 – Fax: (21) 2199-7825
www.objetiva.com.br

Capa
Angelo Venosa

Foto da Capa
Getty Images

Revisão
Damião Nascimento
Neusa Peçanha

Editoração Eletrônica
Abreu's System Ltda.

---

L732c

Lima, João Gabriel de
Carnaval / João Gabriel de Lima. - Rio de Janeiro : Objetiva, 2006

130 p. ISBN 85-7302-764-9

1. Literatura brasileira – Romance. I. Título.

CDD B869.3

---

*“Lo que les estaba diciendo, cuesta mucho ser auténtica, señora. Pero con esto no hay que ser tacaña. Una es más auténtica cuando más se parece a lo que ha soñado de si misma”*

MONÓLOGO DE AGRADO EM *TUDO SOBRE MINHA MÃE*

*Para as três – Ágata, Claudia e Zerlina*

# I

## Que bom que você me guarda tão perto do seu coração

Se eu tivesse um diário, teria anotado cada detalhe daquela noite em que você me convidou para passar o carnaval no Rio de Janeiro. Registrei-a apenas na memória, e ela não é confiável. Há pouco, no avião, tentei lembrar tudo, e só vieram à minha mente flashes fora de ordem. Tive que organizá-los como quem separa em naipes as cartas de um jogo de buraco e constata que não há nenhuma canastra completa. Recordar quase tudo é pouco quando se trata de uma noite tão importante. Já havíamos estado juntos antes, mas ali foi o começo da nossa história. Como ela vai continuar? A única maneira de descobrir é atender ao seu convite – e por isso estou aqui, no Rio de Janeiro, para passar o carnaval com você.

Posso não ter em minha cabeça o filme completo, mas me lembro do trailer. O frio da mesa de cortar carne. O seu cabelo, vermelho quase loiro, e os lábios enormes, roxos de frio, quase vermelhos. E, no final, o sangue.

Fazia tempo que eu não ia a um restaurante sozinho. Era algo comum na minha vida antes de conhecer Marta. Voyeur das outras mesas, imaginava que em cada uma havia uma história. Tentava adivinhar qual era, e se estava no começo, no meio ou no fim – a mesa é um bom lugar para iniciar e terminar romances, amizades ou negócios. Fazia tempo que eu não ia a um restaurante sozinho, mas naquela noite você me convidou para conhecer o seu, e eu fui. O maître me conduziu ao lugar que eu havia reservado previamente, ou

que você havia escolhido para mim, esse é um dos detalhes que me escapam.
Ao lado havia um casal. O homem lia a carta de vinhos, a mulher o cardápio. Veio o sommelier, sugeriu um cabernet californiano qualquer, o homem concordou com a cabeça e fechou o cardápio, a mulher sorriu, a escolha do vinho mais caro do que o do costume era sinal de que o marido considerava aquela data especial. Seria marido? Ela estava de aliança, ele não. Ela era casada, mas talvez não com ele. Aniversário de namoro entre dois amantes? Ou a simples oportunidade de se verem, livres da vida real e de seus cônjuges, merecia uma comemoração num restaurante caro? O homem e a mulher tinham em torno de quarenta anos. Talvez houvessem se apaixonado aos vinte e se separado por não saber que se gostavam tanto. Ele mudou de cidade, casou, teve filhos, divorciou-se, uma viagem de negócios o trouxe de volta a São Paulo, resolveu ligar para a antiga amante com quem não falava havia anos. A mulher contou que estava casada e feliz mas teria prazer em encontrá-lo para um jantar, o marido estava no trabalho ou viajando ou simplesmente desinteressado, e era o caso então de reservar um restaurante especial, pedir um vinho especial e, bingo!, a mão sem aliança procura a mão com aliança, e...

"No que você está pensando, Pedro? Como sempre, você imagina demais..."

Era a voz de Marta. De onde ela vinha? Marta havia viajado e me deixara sozinho naquela noite. Foi bom, no entanto, que a fala imaginária da minha mulher me interrompesse, como a lembrar que eu estava ali por outra razão. Você havia me chamado para ir ao seu restaurante. Eu esperava o convite desde nossa primeira conversa mais longa, meses antes, na minha loja. Você se lembra? Esta carta eu tenho na memória. Havia o balcão entre nós, e você ficou espantada com tudo o que eu sabia a seu respeito, o restaurante, a cidade natal – o Rio – e o estilo culinário. Eu sabia até o seu nome, Helena Lins, que você mudara para Lenita Duarte, pseudônimo bordado em seu avental de chef.

"Como você sabe tudo isso?"

"Li numa revista. Leio tudo, no balcão da loja qualquer coisa serve para passar o tempo."

Omiti que havia procurado seu nome no Google e, além de ler tudo sobre você, printara as receitas de seu livro recém-publicado. Baixara também as fotos de biquíni tiradas no tempo em que você, antes de se tornar chef, foi modelo. Surpresa por eu saber tudo a seu respeito, você sorriu grande pela primeira vez. A partir daí, e antes que nossa história começasse de verdade, houve bar, cama e cinema, nesta ordem e depois várias vezes alternadamente. Até chegarmos àquela noite no restaurante, em que você me convidou para passar o carnaval no Rio de Janeiro. De tão marcante, seria a cena inicial do nosso filme, por isso eu lamento tanto não tê-la registrado – um diário? um vídeo caseiro? um minigravador escondido na lapela? Lembro cada palavra, mas fica faltando – importantíssimo! – a melodia da sua voz fazendo o convite:

"Chega de frio, de cinza, de chuva. Eu quero sol. Por isso, volto ao Rio no verão. Deixo o restaurante na mão do subchef e fico lá até o carnaval. Vou sair no Império Serrano. Na Ala do Jonas, conhece? Festança antes, com bebida de graça. Desfile no meio, com a Sapucaí aplaudindo de pé. Saideira depois, sem tirar a fantasia, nos bares da Lapa. Noite inteira de folia, 15 horas de diversão. Por que você não vem também? Eu estarei lá!"

Estou me antecipando. Você disse isso no final daquela noite, que eu tento reconstituir aqui a partir do princípio. A começar pelo cenário – o seu restaurante. Uma parede de vidro dividia dois ambientes. O primeiro era o salão onde ficavam as mesas, fracamente iluminado por tochas presas na parede esmaltada de vermelho fosco, de tijolo aparente, numa sugestão kitsch de castelo medieval. Do outro lado do vidro, em contraste, a cozinha era claríssima, as paredes brancas e os equipamentos metálicos refletiam a luz de mercúrio. Era como um teatro. Nós éramos a platéia, que ficava no escuro. No palco, você fazia o espetáculo e cuidava para que ele chegasse até nós em forma de comida. A minha mesa, reservada por você – sim, definitivamente não fui eu quem escolheu o lugar – era colada à vidraça da cozinha. Você fizera questão de me colocar na primeira fila.

Passei a noite observando sua performance. Olhava e bebia vinho. O mesmo do casal que, na mesa ao lado, celebrava seu aniversário de adultério. Repeti a garrafa. Recordo cada detalhe do seu show. Você descia o facão afiadíssimo em picanhas e linguados, cupins e atuns, alcatras e trutas. Você temperava, recheava e enviava as carnes e peixes ao subchef, que controlava o forno combinado. Os pratos voltavam a você devidamente grelhados ou assados ou cozidos para o toque final. Este, você dava com as mãos. "Num cozinheiro, nada substitui o tato", você dissera em uma das entrevistas que eu lera, aquela com uma foto de página inteira, onde vi pela primeira vez o nome Lenita Duarte bordado em vermelho no avental. Fazia parte de seu estilo apertar carnes e peixes até que eles vertessem uma gota de linfa, manteiga ou sangue. Era a prova real da consistência certa.

Embora você economizasse olhares e sorrisos, percebi que o espetáculo era destinado a mim. Afinal, eu era o único que estava sozinho numa mesa. Todos os outros conversavam ou namoravam ou fechavam negócios, enquanto eu não tinha nada a fazer a não ser olhar você. Um a um, todos foram embora, sócios, grupos de amigos, casais. Eu continuei ali observando. Pedi mais do mesmo vinho, um parmesão para acompanhar. O restaurante fechou. Você veio até minha mesa. Pediu que eu esperasse um pouco. Você demorou muito, o suficiente para mais meia garrafa. Tanto que eu me levantei trôpego de álcool quando você finalmente me chamou da platéia para o palco ainda iluminadíssimo, abrindo a porta de vidro que ligava o salão à cozinha.

Bêbado, não pude resistir ao seu empurrão. Fui jogado na mesa de ferro onde, momentos antes, você e seus ajudantes abriam peixes, retalhavam carnes e picavam verduras. Deitado, divisei o forno combinado à direita e o fogão da praça de sobremesas à esquerda. A mesa ficava bem no meio, servindo tanto à praça de carnes quanto à de peixes. Era lá que, minutos antes, você solava para mim, facão em punho. Estava eu, assim, sobre sua mesa, no centro do palco, o restaurante vazio havia horas. Quando se está no foco da ribalta, sem enxergar nada da platéia às escuras, é inevitável a sensação de que nos observam. Talvez por isso eu tenha ficado tímido. Parei calado olhando seus cabelos loiro-avermelhados, ainda presos num coque de chef, olhos pequenos e lábios enormes.

Eles se agigantaram num sorriso pouco antes do golpe que, eu dizia, me atirou sobre a mesa de ferro. Desabei, bêbado, e você começou a tirar a minha roupa, tão rápida e precisa como quando, horas antes, descascava legumes. Abriu apenas os botões estratégicos da camisa, tirando-a pela cabeça, e me deitou. Senti a pele quente das costas contra a mesa de ferro gelada. Você aproveitou para afrouxar o cinto e puxar a calça para baixo. Com a violência, pulou para o chão o seu retrato, que eu recortara da revista e trazia sempre junto ao sexo. Você apanhou a foto, apertou o local de onde ela caíra com o mesmo cuidado e carinho com que, minutos antes, espremia a carne para testar sua consistência, e disse:

"Que bom que você me guarda tão perto do seu coração."

Subitamente passaram o torpor do vinho e o pudor de quem se sente observado. Num movimento brusco, ergui-me e tentei agarrar você. Fui parado por um brilho repentino na altura do plexo solar. Era aquele facão que você manejava como ninguém, impondo uma distância regulamentar entre nós dois. Como se você quisesse me lembrar de que reinava absoluta naquele lugar em que tudo era seu – a sua cozinha, a sua mesa, as suas luzes, eu sob a mira da sua lâmina. Recuei, sentindo minha nudez ameaçada por aquela arma afiada.

As lâmpadas de mercúrio refletidas nos móveis metálicos começaram a me dar a dor de cabeça que eu sempre tinha quando a luz era excessiva. Desejei ardentemente que estivéssemos na penumbra, que julgava mais adequada ao que iríamos fazer. Na verdade, àquela altura já nos conhecíamos o suficiente para que eu soubesse que, para você, intimidade rimava com claridade. Como sempre, refugiei-me dela, a luz, olhando para o seu rosto, moreno contra o mercúrio e o branco da parede, apesar de loira que você era, ou fingia ser.

Você soltou o cabelo, que se esparramou sobre o rosto, e o domesticou para trás com um movimento brusco de cabeça. Num truque de ilusionismo, fez com que o vestido escorregasse para o chão sem tocar no avental de cozinha que estava sobre ele. Observei que no pano branco, além do nome Lenita Duarte, havia gotas de sangue de filé ou alcatra. Num instante seu sorriso ficou sério. Você olhou intensamente para mim e, numa coreografia rápida, retirou o avental e o jogou sobre a mesa de ferro, ao meu lado. Com movimentos mais suaves, estendeu uma toalha de mesa no chão, deitou-se sobre ela e disse: "Vem!"

A partir daí o álcool faz minha lembrança ainda mais entrecortada. Lembro que, em cima de você, bêbado, sem achar posição, pedi ajuda. Você me guiou. Depois, com uma cadência hipnótica na voz que alongava a sílaba tônica como se fosse um mantra, disse: "Relaaaaaaxe!" Apaguei por alguns instantes, a ponto de perder completamente a memória do que aconteceu nos segundos seguintes, ou talvez minutos. Acordei com seu primeiro gemido alto, que me despertou do transe com um pensamento nítido: precisava pensar em outra coisa para não acabar primeiro.

Foi quando olhei para o lado e vi o subchef em frente ao fogão. Lentamente, ele quebrou um, dois, três ovos, colocou-os numa frigideira e começou a preparar uma omelete. Estava com um cigarro na boca, e soprava a fumaça em nossa direção. Com mirada indiferente, nos olhava ali no chão, e eu não me sentia constrangido como minutos antes. Agüentavame concentrado no homem e sua omelete quando seus gemidos, subindo na escala, atingiram a nota à qual eu já me acostumara. Você sorriu como na foto. Procurei o retrato no chão para comparar imagem e realidade, mas ele não estava mais lá. Havia um cheiro forte de fritura no ar.

Depois de tudo, passei as mãos entre as suas pernas. Elas voltaram vermelhas. Lambi meus dedos: era sangue. Você olhou para mim com rosto de travessura. Cansaço e ressaca me deram sede, e bebi um gole do vinho branco de cozinha que havia ao lado do fogão das sobremesas. Olhei para a toalha manchada de sangue. Pensei em ficar com ela como um patriarca que guarda o lençol de núpcias da filha. Preferi, no entanto, apenas registrar a imagem na memória. Foi neste momento que você me convidou para passar o carnaval no Rio. Você me convidou, e eu estou aqui. Na madrugada de hoje para amanhã você vai sair no Império Serrano. Eu estarei lá. Já comprei a fantasia da Ala do Jonas. Sinto que será o dia mais importante da nossa história, aquele que pode mudar tudo, o final feliz do nosso filme. Vários detalhes da cena inicial – a noite no restaurante – me escapam. Não vou deixar que o mesmo aconteça com o dia de hoje. Por isso trouxe papel e lápis. Vou anotar tudo, cada detalhe. No futuro vamos querer lembrar, e não posso deixar algo tão importante a cargo apenas da memória.

É por isso que eu estou escrevendo para você.

# II

Vem amar em paz
nessa folia de amarelo e lilás

São duas horas de um domingo de carnaval claríssimo quando eu saio do hotel, que fica a meia quadra da Vieira Souto. Coloco os óculos de lentes negras, e eles não cumprem sua função de barrar a claridade. Olho para o sol, e me lembro daquela noite em que você me convidou para desfilar no Império Serrano. Olho para o sol, e me vem à mente um dos motivos de eu nunca ter pisado no Rio de Janeiro antes. A cidade é clara demais para a minha fotofobia. Sempre preferi metrópoles nubladas como São Paulo, em que a nuvem de poluição irrita os olhos mas protege do sol.

Marta é o oposto. Na nossa lua-de-mel na Europa, gostei de Londres e ela, de Paris. Marta prefere o dia. Gosta de dormir e acordar cedo. Quando levanta da cama, abre as janelas para iluminar os quadros abstratos que espalhou por todos os cômodos da casa. Marta adora cores, e diz que à noite não é possível vê-las direito. Eu argumento que, na noite, a luz é colorida: os néons. Prefiro a iluminação artificial ao sol. Marta e eu temos pontos de vista diferentes sobre tema tão essencial. Nunca teríamos ficado juntos se não existisse um lugar totalmente escuro, como eu gosto, e ao mesmo tempo cheio de luz e cores, como ela prefere: o cinema.

Por mim, ficaria no hotel e sairia apenas no final da tarde, para conhecer um pouco da noite carioca antes de encontrar você no sambódromo. Mas o dia é para as obrigações, dizia meu pai, e eu tenho uma: visitar a minha irmã que mora no

Rio de Janeiro. Nunca disse a você, mas tenho uma irmã, que raramente vejo, e recentemente ganhei um sobrinho, que só conheço por foto. Eles, minha irmã e meu sobrinho, forneceram o álibi para que eu viesse ao Rio encontrar você sem que Marta desconfiasse de nada.

Ia tomar um táxi, mas o homem no balcão do hotel me alertou de que hoje é impossível circular pela cidade sem ficar preso no trânsito, pois as ruas estão entupidas de blocos carnavalescos. "Por que não caminha, senhor Aranha? O dia está lindo e o Rio é uma cidade feita para ser percorrida a pé." Aceitei o chavão e, por culpa dele, estou neste momento andando na Vieira Souto. Vejo que um bloco vem vindo na contramão. Ele me engole.

"Amor, sorria, pra ser feliz é só brincar no Simpatia. Vem amar em paz, nessa folia de amarelo e lilás", canta um homem quase gordo, com purpurina na barba suada, óculos e coroa de Nero. "Me abraça, me beija, amor, me deseja sem nenhum pudor, me abraça, me beija, amor, é carnaval, é simpatia, é quase amor", gritam três adolescentes de biquíni e restos de areia na pele salgada, que se juntaram ao bloco vindas diretamente da praia. A multidão suada me espreme, e besuntado sou impelido para um lado e para o outro.

A sensação me incomoda e tento caminhar de volta para a calçada. Quando chego lá, começo a sentir um cheiro ácido. Olho em volta e vejo que homens urinam na frente dos prédios. Nos portões, nas grades e nas árvores. É minha primeira vez no Rio, e é inevitável pensar que a cidade, antes de me impressionar por visão, audição, tato ou paladar, grava em meu olfato um cheiro como sendo tipicamente carioca: o do mijo. Logo outro odor se junta a ele: o da cerveja, lançada ao ar a plenos pulmões, junto com o canto. "Hoje eu tô de bem com a vida, no toque do tambor, pandeiro e agogô, incendeia essa avenida." É ele, o samba, que recende a lúpulo.

O suor nas peles faz de um bloco carnavalesco algo que impressiona sobretudo pela viscosidade. Olho para os lados, e todos balançam algo ao som da bateria. Um homem magérrimo, de sunga, chacoalha colares de penas enfiadas nos braços e nas pernas, e o conjunto compõe uma fantasia canhestra de índio. Outro, alto e musculoso, balança seios postiços numa camiseta justa, sacudindo também a peruca lilás. Num dos mamilos, a argola de um falso piercing perfura a pele de borracha. O sol, cada vez mais forte, torna as cores mais vivas e o amarelo e o roxo das fantasias mais brilhantes. Todos suam, e o suor misturado à purpurina e ao protetor solar plastifica as peles, que também reluzem.

Cada vez mais espremido, tento me encaminhar para o canto do bloco, e luto para abrir com os cotovelos um espaço para mim. "O tom dessa magia é poesia desfilando em Ipanema, num chope com alegria a nostalgia sai de cena." Deslizo cada vez mais para a margem daquele rio de suor e purpurina, e logo percebo que é o pior lugar. Os edifícios à beira-mar são cercados por grades altas, com vigas retangulares e, portanto, rombudas. Machucam quem é espremido contra elas. Valho-me da untuosidade para fazer o caminho de volta, na direção do centro da rua, e entro cada vez mais no meio da multidão. Suo. Tiro a camisa empapada e a amarro na cabeça, com o intuito de me proteger do sol. Alguém olha para mim e dá um riso de aprovação. Deve achar que estou improvisando uma fantasia.

Olho para o morro no final da praia. De longe, ele parece envolto em uma névoa leve, e tem a mesma luz dos cartões-postais. É como se um cenário houvesse sido pintado especialmente para os turistas que só conhecem a cidade de fotografia. À medida que o bloco evolui e o morro vai chegando perto, a névoa some, e em suas encostas já dá para ver a paisagem real: a favela.

Quero registrar para você detalhe por detalhe do dia mais importante das nossas vidas, e assim é inevitável falar do homem que desliza em sentido contrário com um isopor cheio de cervejas. Ao forçar-se a si próprio e à geladeira improvisada na contramão, aperta ainda mais uns contra os outros. Ele tenta me vender uma lata. Eu preciso beber algo. Quando coloco a mão no bolso da calça, percebo que os trocados que levara justamente para uma emergência como a da sede haviam sido roubados. No meio daquela barulheira de batuque e vozes tento explicar ao vendedor o que havia acontecido. Ele me dá a lata de cerveja mesmo assim, sem cobrar nada, e grita ao meu ouvido: "Amor, sorria, pra ser feliz é só brincar no Simpatia." Seu bafo de cerveja é o mais forte de todos.

Uma mulher bonita e suada me aborda pelo lado esquerdo e me dá um leque. Quando eu começo a me abanar, ela segura o meu braço e aponta o dedo para o centro do pedaço de papelão. Só então eu percebo que ali está a letra da música que todos cantam. "Te pego, me entrego, com samba no pé, do jeito que você quiser." Ela tenta me ensinar os versos, enquanto me abraça pela cintura. O suor borra o seu batom, e as manchas vermelhas descem até o queixo, lembrando um palhaço exausto depois da função. Ela vê que olho para os seus lábios borrados, gruda-os no meu ouvido e grita: "Beijei muuuuuuuito hoje!” De tanto tempo no bloco já aprendi a diferenciar os hálitos – o dela é de uísque. O vermelho contrasta com sua pele muito branca. Achei que fosse impossível encontrar mulheres assim no Rio de Janeiro, cidade de praia. Pergunto a ela alguma coisa a respeito. Ela responde com sotaque carregado: “Cariocash não vão à praia. Isso é coisa de turishta. Ou de paulishta.” Antes que eu possa responder, ela desliza para o outro lado, na direção de um amigo ou amiga que encontrou na multidão. Fico impressionado com o fato de as pessoas se encontrarem em tal tumulto, e se reconhecerem mesmo tão fantasiadas e desfiguradas.

Lembro que estou aqui justamente para encontrar alguém, e fico com a súbita esperança de que você esteja no bloco. Vejo ao longe uma mulher que sorri grande, e tento me aproximar. No caminho percebo que ela tem lábios pequenos, e que fui iludido pelo batom. Sem você, concentro-me no leque e começo a cantar também o samba. Coloco a mão em forma de concha sobre a boca e sinto o meu próprio bafo de cerveja: “Amor, sorria, pra ser feliz é só brincar no Simpatia.”

# III

## Você não gosta de imaginar? Então imagine

Lá em casa é sempre Marta quem viaja. Eu sou o que fica. Ela é executiva de uma multinacional, fecha negócios no mundo inteiro. Eu estou preso à loja, que tenho que abrir e fechar todos os dias. Como dizer a Marta, sem provocar estranheza, que desta vez era eu quem iria viajar? Eu nunca havia demonstrado interesse em conhecer o Rio, não gosto de samba nem gosto de sol. Muito menos de carnaval. Iria soar falso e até um pouco cruel — eu, que recuso sistematicamente os convites dela para viajar.

Talvez tenha entrado no comércio com o objetivo inconsciente de ter uma desculpa para nunca sair de São Paulo. Agora que era necessário ir ao Rio para encontrar você, pensei que poderia inventar uma visita a minha irmã Luísa, que mora no Flamengo, e seu filho Gustavo, o sobrinho que eu ainda não conhecia pessoalmente. Faltaria explicar duas coisas. Por que eu só me decidira a visitar Gustavo Aranha Lage quando o moleque já estava com quase um ano de idade? E por que a súbita vontade de rever uma irmã com quem eu não tinha a menor afinidade e que só via nas raras vezes em que ela vinha a São Paulo acompanhar o marido em viagem de trabalho?

Eu ainda não tinha elaborado bem a desculpa quando cheguei em casa na tarde de sábado, depois de fechar a loja. Marta estava em nosso quarto colocando roupas na mala. Quando isso acontece nos filmes, é a clássica cena da mulher que abandona o marido. Ela descobrira tudo sobre nós, pensei de relance. O que teria despertado a desconfiança de Marta? As várias noites em que disse a ela que ficaria na loja até mais tarde para, na verdade, me encontrar com você? O súbito interesse por livros de receitas, eu que "não era capaz de fazer um capeletti in brodo", Marta desdenhava, com a arrogância dos descendentes de italianos que acham que sabem cozinhar por atavismo?

O mal-estar durou até que eu me lembrasse que, no meu casamento, esta cena – Marta fazendo as malas – é recorrente. Como acontecia quase toda semana, ela ia sair em viagem de negócios. Era melhor dizer tudo de uma vez, e eu disse. Falei com Marta sobre minha intenção de vir ao Rio de Janeiro, para ver minha irmã e conhecer meu sobrinho. Não mencionei o carnaval. Nem o Império Serrano. Muito menos a Ala do Jonas.

"Faz muito bem. Vá visitar a sua irmã. Tire folga daquela loja, você não precisa ir lá todos os dias. Quem sabe você não se anima para viagens mais longas?", disse, enquanto piscava o olho direito num código nosso que podia ser interpretado de várias maneiras.

"Acho que não vai ter problema em fechar um único dia, domingo, e reabrir na segunda cedo."

"Claro que não. Quer que eu ajude a arrumar suas coisas?"

Marta é especialista nisso. Ela tem vários jogos de malas, que usa de acordo com a duração da viagem, a situação e o país de destino. Antes de viajar, consulta a previsão do tempo no local de chegada. Se está frio, escolhe uma mala maior, onde caibam roupas de inverno. Consegue acomodar trajes para diferentes situações em pouco espaço. Tailleurs para as reuniões, vestidos para ocasiões sociais, sapatos que atendem variadas situações, tênis e shorts para os passeios pela cidade, um travesseiro de estimação, guias e romances para ler no avião, além das dezenas de potes regulamentares de cremes.

Marta sabe viajar. Quando sai do país, não pensa apenas em fechar um bom negócio. Quer também desfrutar. Tem seus lugares favoritos nas principais cidades do mundo. Eles são parques, restaurantes e cafés, e Marta repete sempre que tenho que conhecê-los. Eu me contento em ouvir as histórias sobre o que ela viveu nesses lugares, e em imaginar o que ela omite. Marta é o tipo de pessoa a quem sempre acontecem coisas, e certamente nem todas as aventuras que vive são compartilháveis com um, digamos, marido. Em poucos minutos Marta preparou três malas, duas para ela, uma para mim. Chamei um táxi para levá-la até o aeroporto. Fiz uma pergunta trivial que, por acaso, eu nunca formulava:

"E dessa vez, para onde você vai?"

"Como se você não soubesse... Mas por que falar sobre isso? Você não gosta de imaginar? Então, imagine. Tchau! E até mais."

E eu passei o resto do sábado imaginando. Seu destino poderia ser, por exemplo, Buenos Aires, já que a empresa onde Marta trabalha tem negócios no Mercosul. Fechei os olhos. Lá está Marta com um jovem subordinado — os que viajam com ela são sempre subordinados, porque Marta é chefe. Os dois estão no bar do hotel, que fica no último andar, comentando a maravilhosa vista panorâmica da cidade. Às nove da noite o bar está cheio, e eles bebem a primeira garrafa de vinho. À meia-noite estão na terceira e o bar está vazio. Marta ainda está com o tailleur azul-escuro da reunião da tarde, maquiada de leve e com os cabelos pretos agora soltos sobre os ombros. Trabalhou o dia todo, mas não parece cansada, o trabalho a alimenta, faz bem para a sua pele. Às duas da manhã o maître informa que o bar vai fechar. Marta e seu subordinado pedem um último vinho, pagam a conta e dispensam o garçom. Pedem licença para ficar mais alguns minutos, não se importam que ele feche a porta e apague as luzes, querem apenas apreciar por mais alguns momentos a vista noturna da cidade. Marta vai até o banheiro. Na volta, o homem que trabalha sob as ordens dela está de pé diante da janela. Com sua maneira peculiar de dispor a concha da mão em forma de gancho, Marta o puxa pelo pescoço até perto de seu rosto e o beija. Tira com habilidade a gravata dele, e sussurra ao ouvido que mais tarde irá ensiná-lo a fazer um nó melhor – Marta sabe tudo sobre roupas sociais masculinas. Ele se atrapalha com meias e ligas no momento em que passa as mãos por baixo do tailleur de Marta. Ela pensa que tem muito o que ensinar a ele, e isso a excita. Na janela, a vida noturna da cidade pisca no ritmo deles.

"Pára de pensar bobagem, Pedro! Você acha que eu iria me arriscar a tomar um processo por assédio?", a voz virtual de Marta me interrompeu.

Por que estou falando dela? Talvez sinta necessidade de contar o meu passado, para que você me conheça melhor, para que saiba tudo sobre mim antes do encontro que pode mudar nossa história, hoje à noite, no sambódromo. Minha família não é grande. A rigor, existem apenas Marta e a minha irmã,

Luísa. Ela é mais velha do que eu. Tinha sete anos quando nosso pai saiu de casa e se mudou para o Rio. Eu tinha dois. Meu pai era fotógrafo. Apaixonava-se constantemente, e de forma arrebatada, pelas mulheres que retratava. Foi assim com minha mãe, que ele fotografou no palco para uma reportagem. Foi assim também com a modelo por quem ele nos deixou, e que morava no Rio. Meu pai era um ex-marido exemplar. Pagava regularmente nossa pensão, escrevia sempre, enviava fotos. Gostava da arquitetura antiga do Rio. Lembro de mim mesmo, aos dois anos de idade, olhando as fotos que ele mandava – sombras de árvores sobre casarões antigos eram seu tema preferido. Na fotografia, arte por excelência do presente, ele buscava simulacros do passado, com o preto e o branco criando a ilusão de que as imagens haviam sido feitas em outra época.

Era minha mãe quem mostrava as chapas para mim e para minha irmã. Com esse gesto, queria dizer que estava tudo bem e não guardava rancor. Como toda atriz, fingia mal. Não se passaram seis meses até que ela destruísse todas as fotos e passasse a rasgar os envelopes de meu pai antes de abri-los. Começou a beber e a se tornar insuportável. Foi nesta fase que minha irmã atendeu o convite do meu pai e resolveu morar com ele no Rio. Eu, que ainda era muito pequeno, fiquei com minha mãe. O que não foi nenhum drama. Em pouco tempo o surto passou, vieram outros homens e outros trabalhos, ela parou de beber de forma depressiva e voltou a se embriagar alegremente, como era seu estilo. E assim, longe do meu pai, minha mãe foi feliz para sempre, até a decadência inevitável.

Hoje, passei parte da tarde com minha irmã. Conheci finalmente meu sobrinho. Disse que incluiria na carta todos os detalhes deste dia em que vim passar o carnaval com você, mas acho que devo pular os momentos irrelevantes, para que não os revivamos nas centenas de vezes em que voltarmos a este relato. Da ida à casa da minha irmã, vale registrar as duas garrafas de vinho que bebemos – você iria gostar, eram de boa safra, Luísa está fazendo um curso de sommelière junto com as amigas – e o telefonema que ela deu a um casal amigo, Paula e Juca, que irão me ciceronear pela noite carioca. Gosto da noite, como já disse. Paula e Juca, que segundo minha irmã conhecem todo mundo, devem conhecer você. Quem sabe não nos encontramos antes mesmo do sambódromo?

Neste momento, de saída da casa da minha irmã, caminho pelas ruas de Botafogo e me surpreendo com a sensação de que já estive aqui. Conheço várias seqüências de prédios, o traçado de várias ruas, algumas árvores antigas que perdem folhas sobre as sacadas dos casarões. O déjà-vu dura cerca de trinta minutos, até que eu entenda o que aconteceu. São os cenários retratados por meu pai, cujas fotos me chegavam por carta e ficaram gravadas em minha retina desde os dois anos de idade. As minhas recordações do Rio eram, na verdade, dele.

# IV

## Quando uma luz divinal iluminava a imaginação de um escritor genial...

Começa finalmente a nossa noite. Ainda sem você, a quem devo encontrar apenas no final feliz. São seis da tarde e vejo Paula e Juca na porta do local onde Zédinho da Mangueira irá cantar, um casarão no centro histórico do Rio de Janeiro. O casal confere com a descrição que Luísa fizera deles. Paula é morena, cabelos lisos, olhos verdes, quarenta e poucos anos. Juca é alto, magro, loiro, olhos azuis, tem vinte e tantos. Ela usa um vestido azul-claro pouco acima dos joelhos de ex-musa do verão, sapatos de boneca e uma trança que cai sobre o seio direito. Quer parecer mais jovem, e consegue. A maquiagem é leve como a de uma adolescente, mas pesada o suficiente para esconder as primeiras rugas. Juca tem o cabelo loiro batido na nuca, e usa camisa branca e calça social impecáveis. Suas costas são naturalmente retas. De pé, na fila, parece estar em posição de sentido, como um soldado alemão cujo fuzil é o violão que carrega debaixo do braço. Cumprimento a ambos. Juca aperta minha mão com força e faz um aceno afetuoso com a cabeça. Paula se derrama.

"Então você é o Pedro, irmão da Luísa. Ela fala muito no seu nome, diz que é o talento desperdiçado da família", mente Paula, pois minha irmã nunca usaria o substantivo "talento" para se referir a mim, embora talvez simpatizasse com o adjetivo "desperdiçado".

"Talento, pelo que ela me disse, é o seu marido", devolvo, enquanto confiro beleza e rugas no relance entre os dois beijos com que as cariocas cumprimentam.

"Ele está realmente animado em tocar com tantos sambistas autênticos, não é mesmo, Juca?"

Juca faz outro movimento com a cabeça, idêntico ao que usou para me cumprimentar. Está nervoso antes da apresentação. Paula faz uma breve biografia do marido. Joachin Kohler nasceu no bairro paulistano do Alto da Boa Vista. Formou-se em música, com bacharelado em violão. Acaba de defender sua tese de mestrado sobre José Eduardo da Silva, o Zédinho, sambista da Mangueira.

"Era o segredo mais bem guardado da escola, e o Juca o revelou para o mundo", propagandeia Paula.

"Não é bem assim", sorri Juca. "Zédinho sempre foi avançado demais para o seu tempo. É autor de dezenas de sambas-enredo. Nunca nenhum deles foi para a avenida. Suas harmonias eram sofisticadas demais, difíceis de cantar para o público médio, não empolgavam na quadra. Têm um pouco de Debussy e algo da bossa nova", explica o músico, professoral.

"Sua tese é sobre essas influências?", finjo interesse.

"Exatamente. Gravei horas de fita com os sambas de Zédinho. Era a única maneira de analisá-los, já que nunca foram gravados em CD nem escritos, pois ele tem preguiça de colocá-los na partitura. Das fitas, passei todos os acordes e melodias para o papel. É impressionante alguém fazer o que ele faz tendo sido autodidata a maior parte da vida."

"Juca está produzindo o primeiro CD solo de Zédinho, e eu estou me mexendo para conseguir participações especiais. Juca é de São Paulo e não conhece ninguém, já eu nasci no meio de sambistas e conheço todo mundo", exagera Paula.

Há uma certa confusão na hora de entrar na casa noturna, pois a fila se divide em três e cada uma das ramificações se considera a certa. Paula diz que, em outros tempos, não estaríamos na fila. Reclama de Juca, o qual, segundo ela, não faz valer o fato de ser um dos artistas da noite para conseguir entrar antes com a mulher e os amigos. E lembra uma época em que o Rio era mais parecido com uma cidade do interior, um tempo em que Paula tinha mesa cativa em restaurantes e casas de shows e nunca pegava filas.

Enquanto conversamos, o tumulto se dissolve, e logo estamos no lugar reservado para nós. Paula continua falando, agora dela própria. É filha única de um empresário da área musical, dono de gravadora. Pai e filha moravam numa cobertura de seis quartos na Delfim Moreira que vivia abarrotada de artistas. O pai morreu há três anos, ela herdou o apartamento e, num primeiro momento, aboliu os saraus musicais em sinal de luto. Depois de casar com Juca resolveu retomar as festas. E rearticulou os seus conhecidos no meio musical para o CD em homenagem a Zédinho:

"Imagine a alegria de meu pai, lá onde ele está agora, ao saber que todos os seus amigos se juntaram para homenagear um sambista tão autêntico e tão pouco valorizado."

Olho em volta e percebo que o público da casa é formado metade por turistas e metade por gente que vem do carnaval ou pretende se juntar a ele. Restos de purpurina brilham no rosto das mulheres e na barba dos homens. Reconheço as cores amarela e lilás do bloco de Ipanema. Procuro você, que poderia também estar ali, voltando de algum baile ou antes de seguir para a festa. Na sua ausência, peço a primeira caipirinha. Na segunda, Zédinho, que estava atrasado, finalmente aparece, e cumprimenta Juca efusivamente. Sinto um hálito de mistura alcoólica parecido com aquele de hoje de manhã. Agora, no entanto, não sei se vem do sambista ou de mim.

Zédinho veste calça branca, sapato bicolor e uma camiseta verde com frisos rosados na lateral. Na cabeça, um chapéu de palhinha com uma fita verde e rosa. Deve ter uns sessenta anos. Sobe ao palco imediatamente, apresenta os músicos e anuncia a primeira composição, inteiramente instrumental. Chama Juca para uma participação especial, "o professor que levou meu humilde talento para os bancos das universidades". Divirto-me com a linguagem pseudo-rebuscada que ele usa.

O conjunto é formado por flauta, bandolim, cavaquinho e vários instrumentos de percussão. Nos dois violões, Juca e Zédinho. Começam a tocar. Os instrumentistas são todos bons. Não sei se gosto da música, que lembra um pouco um Pixinguinha dissonante. Observo Juca e Zédinho tocando. O paulista repousa o violão sobre a perna direita, o pé sobre um suporte, numa postura de violonista clássico. O carioca leva o bojo encostado no peito, como um seresteiro. Os dois tocam bem, e o som que tiram é parecido, embora o carioca articule mais os baixos e o paulista soe mais polifônico.

Quando começo a me adaptar às melodias estranhas e a gostar do samba, Paula, à minha frente na mesa, volta a falar do marido. Diz que em São Paulo ele era clarinetista da Orquestra Sinfônica, e que pretendia prestar concurso também no Rio de Janeiro. Desistiu ao se apaixonar pelo samba e pela música popular. Agora só tocava clarinete em rodas de choro, e tentava se aperfeiçoar no violão. Ela diz também que a paixão de Juca por Zédinho às vezes cansa, de tão exagerada. Sussurrando ao meu ouvido, como se o marido, concentradíssimo no palco, pudesse ouvir, ela conta que durante a confecção da tese ambos ficavam horas e horas gravando aqueles sambas que ela considera "esquisitos". Juca pedia para repetir os trechos mais complicados infinitas vezes, revia as posições no violão, reproduzia as melodias no clarinete.

Paula se cala quando a música acaba. O momento de glória de Juca havia passado. Zédinho agradece a participação especial e pega o microfone. Canta uma valsa-choro que a mim parece bem mais palatável. Tem uma voz rouca que soa sinceramente triste. Começa um revival de canções antigas. Não conheço nenhuma, com exceção de "Manhã de Carnaval", que é música de filme – e de cinema eu entendo. Paula, sentada à minha frente, se inclina na minha direção para continuar falando. Juca, ao lado, cutuca a mulher e pede para ela calar a boca. Embevecido, sorve cada acorde dos arranjos que ele próprio havia escrito para Zédinho.

Desobediente ao pedido de silêncio de Juca, Paula tagarela e o provoca, agora numa altura que ele pode ouvir. Retornando ao mesmo ponto, diz que a relação do marido com Zédinho se tornou quase uma devoção religiosa. Como se o samba fosse uma igreja e Zédinho, o santo padroeiro. Tomo um gole de caipirinha, e observo o padrão que se repete daquele momento até o final do show: queixas de Paula, que também está ficando bêbada, caretas de Juca, que pede silêncio e tenta prestar atenção na música, piadas e causos de Zédinho no palco. Acaba a apresentação e, com ela, some o foco do conflito. Como que para se reconciliar com o marido de quem acabara de falar mal, Paula ajeita os cabelos loiros dele.

Depois de beber duas vodcas, Juca está alegre. Batuca músicas na mesa e tenta provar para nós que os sambas-enredo não são todos iguais, como pensam os que não entendem de batucada. Onde a maior parte das pessoas só ouve um tum-tum-tum repetitivo existem na verdade sutilezas harmônicas e delicadas inovações. Para provar sua tese, cantarola várias composições de Zédinho derrotadas em concursos da Mangueira, e músicas de outros autores também. Elege como samba favorito "Aquarela Brasileira", de Silas de Oliveira. Composto em 1964, ele será revivido justamente no desfile do Império Serrano deste ano. Por isso, é o único samba que eu sei de cor na vida. Memorizei depois de ouvi-lo no meu i-pod, no avião a caminho do Rio, por causa de você, para cantar a seu lado. Acabo de saber que Paula e Juca também estarão na Ala do Jonas. Brigas à parte, são divertidos. Você vai gostar deles.

Zédinho cumprimenta os amigos de mesa em mesa. Quando passa pela nossa, dá um tapa nas costas de Juca e cantarola:

"Num palácio encantado, onde um tesouro existia, pedras preciosas bem guardadas, que a mãe do ouro presidia."

"Essa é fácil, Mangueira 1976. A letra é do Rubens, que cantou esse samba aqui ontem. Veja se você conhece esse: 'Quando uma luz divinal iluminava a imaginação de um escritor genial, tudo era maravilha, tudo era sedução...'"

"Ô, alemão, quer ganhar de mim com um samba da minha escola? *O Mundo Encantado de Monteiro Lobato*, 1967. Eu era moleque e estava lá."

Paula olha com ar de enfado, como quem está cansada de assistir da arquibancada a uma peleja que é incapaz de jogar. Zédinho e Juca riem e brindam, e o sambista volta para o seu trabalho de relações-públicas de mesa em mesa. Juca diz que nunca bebe antes de tocar, mas depois que se apresenta desconta o que não bebeu. Está agora na quarta vodca. Filosofa com a eloqüência de quem não está acostumado a beber.

"Você vê como eu, um alemão de São Paulo, me sinto à vontade entre os sambistas do morro. Há pessoas que dizem que existe uma cultura carioca, e que ela seria totalmente diferente da paulista. É uma idéia provinciana. Coisa de quem quer fazer o Brasil parecer a Europa. Lá tem a cultura catalã e a cultura andaluza, porque catalães e andaluzes existiam muito antes de a Espanha ser inventada. O mesmo vale para lombardos e calabreses na Itália, bávaros e prussianos na Alemanha. No Brasil não, é tudo a mesma coisa. São Paulo e Rio são duas cidades sem cultura própria, que têm em comum o fato de serem metrópoles onde todos trabalham muito. Muito mais do que na Alemanha. Meu irmão se mudou para lá e a vida é folgada, o sindicato protege contra os aumentos de carga horária. No Brasil as pessoas têm jornadas absurdas e tentam vorazmente se divertir para compensar. Talvez a única diferença seja que no Rio a brincadeira acaba mais cedo, porque tem praia no dia seguinte. No mais, os brinquedos são os mesmos. Existe o samba, aqui como lá. Em São Paulo eu era clarinetista da orquestra, mas já freqüentava as escolas: Rosas de Ouro, Vai-vai..."

"E o Juca tem planos ambiciosos. No ano que vem ele vai concorrer ao samba-enredo da Mangueira", interrompe Paula, novamente cúmplice do marido.

"Vou mesmo. E Zédinho será o meu parceiro. Vamos ganhar. Não é, Zédinho?"

Zédinho, do palco, não sabe do que estamos falando, mas abre um sorriso, tira o chapéu e faz uma mesura para nós.

# V

Cortava assim
como em carniçaria
o aço das facas incisivas corta

Nosso começo oficial foi naquela noite no restaurante. Na verdade, deveria ter sido antes, no dia em que você me convidou para ir pela primeira vez ao seu apartamento. Eu havia planejado tudo para que a noite fosse especial. Iria fazer por você algo que não faço por quase ninguém. Preparei-me para recitar, com toda a emoção possível, os versos do meu poeta.

Levei de presente para você um livro dele. Fazia frio de verdade, não apenas para seus padrões de carioca ainda pouco ambientada a São Paulo. Excitada e gelada, você rasgou o pacote com violência. Na temperatura baixa, as páginas eram como lâminas, e você cortou o dedo na primeira delas quando abriu o livro para ler a dedicatória. Uma chef acostumada a facas afiadas e seus talhos ocasionais não grita – você apenas levou o polegar à boca e lambeu lentamente a pequena ferida, sorvendo o sangue como se estivesse provando o ponto do molho. Peguei o livro de suas mãos. Na página manchada de vermelho, havia o verso: "Como porções de carne morta, ai, como os que como eu têm carne, com este assomo que a espécie humana em comer carne tem." Li em voz alta. Você fez uma careta e depois riu. "Parece um poema de amor feito para um chef de cozinha. Obrigada!"

Detestei a ironia, mas compreendi que aqueles não eram os versos mais apropriados para a ocasião. Quais seriam? Fiquei procurando no livro que conhecia de cor, espantado em ter tanta dificuldade para encontrar. Quando achei, você não estava mais lá. Havia ido ao banheiro. Eu fiquei observando o quarto. Era asséptico como uma cozinha de restaurante. Nenhum móvel além da cama, de um abajur de design moderno e de um mancebo de metal. Pendurado nele estava o seu avental de cozinha, com o nome Lenita Duarte bordado em letras vermelhas.

Sentei na cama e fiquei ouvindo o barulho da ducha. Talvez influenciado pelo teor dos versos que acabara de ler, imaginei um homem rasgando a cortina da banheira, assassinando você a punhaladas enquanto o sangue escorria pelo ralo, e repeli o pensamento não por ser revoltante, mas óbvio demais. "Você já foi mais imaginativo, Pedro", diria Marta se estivesse ali. E ela teria razão. Você desligou o chuveiro. Tentei entrar no banheiro, mas a porta estava trancada. De fora, enfatizei o quanto aquele livro era importante para mim. Sabia de cor cada um de seus poemas. Soou o trinco e você saiu com a toalha enrolada na cabeça: "Mostre, então, por que ele é tão bom", você disse, enxugando os cabelos.

Eu faria isso. Recitaria como minha mãe, que era atriz, havia me ensinado. Minta com convicção, dizia ela, como se as palavras que outra pessoa escreveu fossem sua verdade mais profunda. E elas realmente eram – afinal, era o meu poeta. Assim, em pé ao lado da cama, comecei a recitar um dos sonetos mais românticos do livro: "Como um fantasma que se refugia na solidão da natureza morta, por trás dos ermos túmulos, um dia, eu fui refugiar-me à tua porta." Indiferente, você afrouxou meu cinto com a destreza de sempre e, calça no chão, pendurou em meu sexo a toalha com que enxugara os cabelos, para testar a intensidade do meu desejo. Depois me empurrou para a cama e afundou a cabeça no meu colo. Eu continuei: “Fazia frio, e o frio que fazia não era este que a carne nos conforta, cortava assim como em carniçaria o aço das facas incisivas corta.” Só quando fui abocanhado percebi que sua cabeleira loira estava morena – o que não era de estranhar, pois você mudava a cor com bastante freqüência, embora raramente fizesse isso de maneira tão radical. Você levantou a cabeça, sorriu para mim e começou a esfregar as mãos, que pareciam untadas com algum tipo de óleo. Por alguma razão pensei em você na cozinha, e imaginei que pudesse ser azeite extravirgem, ou talvez manteiga, já que a culinária francesa era a sua especialidade, e não a mediterrânea. “Mas tu não vieste ver a minha desgraça, e eu fiquei como quem tudo repele, velho caixão a carregar destroços.” Como na poesia, você não prestava atenção no que eu dizia, apenas me untava com aquele óleo, enquanto eu preparava a chave de ouro. “Levando apenas na tumbal carcaça o pergaminho singular da pele e o chocalho fatídico dos ossos.” Você apagou a luz no momento em que sua mão oleosa chegou ao lugar que servira pouco antes de cabide para a toalha e passou a me pressionar para baixo com a palma da mão, fazendo o movimento de quem leva uma laranja ao espremedor de frutas.

Queria que você prestasse atenção ao meu poeta, e talvez inspirado pela luz fraca que projetava nossas sombras na parede branca iniciei outro soneto. “Quando, à noite, o infinito se levanta à luz do luar, pelos caminhos quedos, a minha tátil intensidade é tanta que eu sinto a alma do cosmos nos meus dedos.” Seus dedos, você os girava cada vez mais rápido, enquanto me empurrava para baixo com força, até o limite da dor e do entorpecimento, para depois fazer um movimento de baixo para cima que restituía o vigor original. “Quebro a custódia dos sentidos tredos, e a minha mão, dona por fim de quanta grandeza o orbe estrangula em seus segredos, todas as coisas íntimas suplanta." Você me levou de novo à boca, e minha imaginação culinária me levou a pensar que gosto eu teria naquele momento. Azeite? Manteiga? Creme de mãos? Depois de leves toques de língua, você voltou a usar os dedos. "Penetro, agarro, ausculto, apreendo, invado, nos paroxismos da hiperestesia, o infinitésimo e o indeterminado." O ritmo pausado do decassílabo já me incomodava, talvez já fosse o caso de trocar pela redondilha, mas eu não podia deixar aquele poema sem fecho, e no momento em que eu não conseguia nem queria resistir, e via em seu sorriso enorme e sádico que você tentava postergar o último momento, resolvi disparar finalmente a chave de ouro. "Transponho ousadamente o átomo rude, e transformado em rutilância fria, encho o espaço com a minha plenitude."

Foi bom. Mas não valeu como cena inicial. Levei o meu poeta para a cama, e você não prestou atenção nele.

## VI

O amor vem por princípio, a ordem por
base, o progresso é que deve vir por fim.
Desprezaste esta lei de Augusto Comte,
e foste ser feliz longe de mim

Caminhamos à noite pela Lapa, na direção do Clube Democráticos, onde Zédinho vai dar uma canja. Ele anda abraçado com Juca, conversam sobre o CD que estão gravando. Paula e eu seguimos logo atrás. Ela diz que Zédinho veste sempre a sua roupa de shows, mesmo quando é apenas platéia. A idéia seria induzir os outros músicos a convidá-lo para uma canja. Bêbada, fala um pouco mais alto do que gostaria e Zédinho ouve. Ele larga Juca e vem caminhar ao nosso lado.

"Isso tudo é ciúme. Fica tranqüila, Paula, que eu não vou roubar o seu marido. Vou só me aproveitar dele um pouquinho, até o CD ficar pronto", diz ele.

"Vê lá se eu ia ter ciúme de você, seu preto velho de macumba. Tira o chapéu, sambista autêntico, pro Pedro ver como você parece um pai-de-santo de terreiro."

Zédinho tira o chapéu para mim mostrando a carapinha branca, numa reverência semelhante à que fizera momentos antes na casa de shows. Sua roupa é um clichê de sambista, mas impecável, calça com vinco, sapato bicolor engraxado, chapéu novo. O que mais me impressiona, no entanto, é sua maneira de falar. Zédinho usa construções rebuscadas e palavras raras, como se estivesse compondo um samba clássico. Às vezes ele faz uma pausa para escolher o termo exato, o que resulta numa cadência peculiar.

"Sempre houve quem se espantasse com a minha maneira de... esculpir frases. A estes, respondo: nunca fui pobre. Quando comecei a tocar para estudantes, há vinte anos, todos me perguntavam sobre pratos vazios na mesa do jantar, infância de engraxate, vida dura de meus pais. De tanto insistirem, confesso que no início de carreira me peguei a inventar algumas histórias parecidas com o que o meu público queria ouvir, e a partir delas construiu-se a lenda de Zédinho, o músico humilde que desceu do morro para... colher os louros do triunfo no asfalto. A verdade, repito, é que nunca fui pobre. Nasci na Mangueira, mas meu pai era funcionário público e logo nos mudamos para a Tijuca. Sempre freqüentei a escola de samba, e também a outra escola, a pública, que no meu tempo era boa. Lá aprendi pronomes e concordâncias. Com Cartola me iniciei na arte de escolher as palavras certas, no samba como no dia-a-dia."

Caminhamos pela rua Mem de Sá e, em sentido contrário, foliões fantasiados voltam do sambódromo. Eu me dou conta de que a esta hora o desfile já começou. O Império Serrano, nossa escola, é uma das últimas a entrar na avenida. Ainda temos tempo. Imagino você vestindo a fantasia da Ala do Jonas, penso em você com ela. Visualizo as arquibancadas da Marquês de Sapucaí aplaudindo nosso beijo, enquanto olho para a Lapa, o ponto de encontro dos que voltam de lá. Sentada na calçada, uma mulher ruiva de pele branquíssima, com uma coroa de rainha na cabeça, enrola um cigarro. Eu estranho o fato de ela fumar um baseado em plena rua, afinal não estamos em Amsterdã, de onde imagino que ela tenha vindo. Logo depois, no entanto, vejo pela etiqueta do pacote que se trata de um fumo legal, e de marca. Mais adiante, um homem seminu, com um pano dourado servindo de tapa-sexo e pele besuntada com alguma substância que torna o corpo brilhante à luz dos refletores, briga de lança com outro homem de fantasia e arma iguais. Um é branco, o outro é negro. Quando o negro dispara o golpe final, a lança se dobra. Era de papelão. Os dois se abraçam. Zédinho continua a contar sua vida.

"Uma lição aprendi muito cedo. Preto do samba tem que estar sempre bem-vestido. E samba de preto tem que estar sempre bem rimado, as concordâncias certas, e as rimas... não apenas ricas, mas bordadas a ouro como a roupa de um mestre-sala. Fui o melhor aluno de português da minha escola. Não consigo falar errado nem que me force a isso. Cheguei a escrever um samba-enredo para a escola em 1973, no qual usei palavras rebuscadas e harmonias dissonantes. Perdi por isso: consideraram ousado demais e difícil de cantar. Já a meninada da Zona Sul que freqüentava a Mangueira adorou. Mais tarde começou a tal da abertura política, o movimento estudantil. Eles, os estudantes, vinham ao morro, ouviam as minhas músicas, aprendiam a cantar, desciam e tocavam nos eventos deles. Diziam que eu mostrava a vida do morro como ela realmente era, e que isso era um protesto contra a... dominação das elites. Não era protesto, era só samba mesmo. Só que eles achavam que era, e me convidavam para tocar, e pagavam o cachê, e eu então não reclamava. Ganhei até uma bolsa para estudar música na universidade, cursei as classes de harmonia, de percepção, de contraponto. Numa crítica ao meu show, um jornal me comparou a Orestes Barbosa, o poeta que escreveu 'a porta do barraco era sem trinco, e a lua furando o nosso zinco salpicava de estrelas nosso chão'. Disse o crítico que eu fazia o mesmo, rimava poesia com pobreza. Eu nunca escrevi nada tão bom assim, mas gostei da comparação."

Na rua do Riachuelo, no sentido contrário ao nosso, há mais pessoas fantasiadas voltando do sambódromo. Uma moça com traje de Colombina usa um piercing no lábio inferior. Lembro a outra, a do bloco, que contabilizava o número de beijos. Esta, a Colombina, não deve ter dado nenhum. O piercing funciona como um lacre de lábios. No caminho, espio os bares e todos estão cheios de casais de gente fantasiada, reis com baianas, escravos egípcios com pierretes, todos brancos, com jeito de estrangeiros. Há muitos loiros e loiras, ruivos e ruivas, com fantasias de escola, o que confirma a minha impressão de que desfilar no sambódromo é um programa de turista. Em volta de uma mesa, um grupo de homens de bata branca com frisos dourados e chapéu triangular faz um brinde cantado. "O amor vem por princípio, a ordem por base, o progresso é que deve vir por fim. Desprezaste esta lei de Augusto Comte, e foste ser feliz longe de mim." Um estrangeiro acharia que se trata de um ritual de sociedade secreta. Eu, que sou apenas paulista, quase acho também.

"O morro passou a ficar cada vez mais violento, e os jovens universitários – o meu público – queriam que eu falasse disso nas minhas músicas. Até tentei, mas não fica natural. Dá para fazer poesia com pobreza, rimar trinco com zinco, ver num varal de roupas um feriado com seus... lábaros. Mas não fica bem rimar fuzil com Brasil. É de mau gosto. Aposentei-me. Quando o dinheiro acabou e eu tentei voltar a cantar, estava bem mais difícil. Especializei-me, como diz Paula maldosamente – mas a maldade nela é sempre uma forma de carinho – em dar canjas. Vestia minha fantasia de mangueirense, esta mesma que uso agora e que me é como segunda pele, vinha aqui para a Lapa e ficava pedindo para cantar nos shows dos outros. Em troca recebia uma fração do couvert artístico, ou no mínimo a conta da mesa paga. Era muito pouco, a Lapa estava em decadência. Felizmente, revitalizaram o bairro, e eu ressuscitei junto. E devo muito do que sou hoje ao Juca. Voltei a ser respeitado pelos universitários como no tempo da tal da abertura política. Com a vantagem de que agora ninguém acha que eu tenho que fazer, como diziam antigamente, denúncia social. Não preciso ter um tema definido, além daqueles que bastam a todas as canções. Ou seja, as mulheres, a vida com elas e a falta que elas fazem."

Avançamos na Lapa. Eu me delicio com vários prédios antigos que me parecem familiares – seriam ainda as memórias das fotos do meu pai? Chegamos ao Clube Democráticos, o mais bonito de todos. Entro e penso que a arquitetura é tão elegante e decadente quanto o português perfeito e as roupas milimetricamente vincadas de Zédinho. Ou quanto o próprio samba.

Entramos. O calor é insuportável. No hotel eu reclamava do ar-condicionado, que no Rio rebaixa a temperatura de todos os ambientes ao nível dos Alpes suíços. No Democráticos ele simplesmente não dá conta do calor. A cerveja é geladíssima, mas as várias latas que consumimos só entopem nossos corpos de calorias. Zédinho começa sua canja. Ele não perde a elegância nem quando a roupa branca suada cola a seu corpo. Paula começa a passar mal. Pede que eu a leve para casa, pois Juca nunca perderia a canja de Zédinho por causa dela. Chamo Juca e ele realmente me pede para acompanhar a mulher, logo eles nos encontrarão. Suados e desidratados, apanhamos um táxi na saída do clube.

# VII

## Faça o que quiser comigo

Nosso começo, naquela noite no restaurante, criou um padrão. Talvez porque inconscientemente tentássemos repetir aquela vez, nossos encontros foram ficando parecidos. Eu chegava e sentava sempre na mesma mesa, previamente reservada, no melhor lugar para assistir à sua performance. Você cozinhava sob as luzes sem olhar para mim, assim como um ator no palco não repara na platéia que fica no escuro. Eu bebia a primeira, a segunda e a terceira garrafa de vinho. Era justamente este ponto do ritual que me incomodava. Quando começávamos, você estava sóbria como quem chega do trabalho, e eu bêbado como quem sai do bar. Você em seu território, eu longe de casa. Você ereta, eu cambaleante.

Uma noite eu quis vingança. Propus um encontro em outro lugar. Você disse que saía muito tarde, e eu provoquei dizendo que em São Paulo – ao contrário do Rio, a sua cidade – existem dezenas de lugares que ficam abertos a noite toda. E foi num desses, um bistrô perto da Consolação, em que nos encontramos naquela noite, fria como as outras. Pedi queijos e vinhos, comi e fingi que bebia. O plano deu certo. A partir da primeira garrafa, você não notava mais a proporção de um gole meu para um copo seu – ampliada, mais tarde, para um copo meu para uma garrafa sua. Senti-me vitorioso quando você levantou da mesa com dificuldade, sem condições de notar que o meu cambalear, desta vez, era teatro.

Era quase de manhã quando chegamos de táxi ao seu apartamento. Eu deitei você na cama, acendi o abajur e me livrei de minha roupa. Lentamente, comecei a tirar a sua. Você disse: "Faça o que quiser comigo." Eu fiz. Fomos juntos, eu amparando, até o chuveiro. Sentei você no chão, recostada nos azulejos do boxe. Liguei a água. O jato caía sobre o seu rosto, você engolia água e tossia. Para evitar um afogamento, liguei o chuveirinho. Comecei a usar o jato líquido para acariciar seu corpo. Passeei por pescoço, ombros, seios, braços e ventre. Cheguei às suas pernas, abertas à minha frente na forma da letra M. Detive-me ali, em movimentos primeiro circulares, depois em forma de espiral. Você, ao que parece, gostou da brincadeira. Não sei se estava acordada ou dormindo quando começou a murmurar algo.

Aumentei a velocidade da espiral até que a lâmpada do banheiro refletida na água provocasse vertigem. O desenho começava no umbigo, descia até a perna esquerda, desperdiçava água no chão, subia pela perna direita, voltava um pouco abaixo do umbigo e continuava em raios cada vez menores, até alcançar o ponto de fuga. À medida que a velocidade aumentava, você começava a murmurar mais alto, era impossível entender o que dizia, mas notei quando seu sorriso, costumeiramente enorme, se entreabriu ainda pequeno, e através dele os murmúrios começaram a se tornar gemidos. Com a mão que estava livre comecei a ensaboar você. Nuca, ombros, seios, braços, ventre, pés e pernas, lentamente, em contraste com a espiral do jato de água que girava cada vez mais rápido. Ficamos cerca de meia hora assim, você completamente bêbada e eu me aproveitando de sua fragilidade. Levei-a novamente para a cama e lembrei o que você me dissera momentos antes: "Faça o que quiser comigo." Novamente, eu fiz. Deitei-me ao seu lado. Puxei a coberta. Abracei você. Dormimos.

No dia seguinte, acordei com cócegas em meus lábios. Era o bico de seu seio direito, que você girava vagarosamente, num movimento análogo ao que eu fizera na noite anterior com o chuveirinho. Ainda com sono, beijei o mamilo. Ligeiramente mais acordado, coloquei a ponta da língua para fora da boca e deixei que você continuasse o movimento contra ela. A espiral foi ficando mais rápida, o que de certa forma me hipnotizou, e como que voltei a dormir. Quando despertei de novo, seu seio ainda em minha boca, vi que você estava sentada no meu colo, balançava os quadris em movimentos amplos em forma de pêndulo, e só não desabava para frente ou para trás porque eu, já dentro de você, atuava como um freio.

Achei que valia a pena registrar esta noite não pela vingança, mas pela maneira como você dormiu à noite e pelo jeito como eu acordei de manhã. Pela façanha de proporcionarmos um ao outro, em momentos diferentes, o mesmo sonho.

# VIII

Sonhar com anjo é borboleta,
sem contemplação,
sonhar com rei dá leão

Em tudo o que Zédinho contou havia pelo menos uma mentira: a história de que ele havia perdido o samba-enredo da Mangueira em 1973 por soar dissonante demais. Sei disso porque Juca havia cantado a música para mim pouco antes, na mesa do bar. Nada de versos rebuscados ou harmonia dissonante. Pude observar que era um samba-enredo como todos os outros, com as palavras "relicário" e "divinal" na letra – digite na linha de pesquisa do Google as palavras "relicário" e "divinal" e aparecerão uns setenta sambas-enredo. Uma mentira é suficiente para colocar em dúvida todo o resto do que ele disse. A partir dela, dessa única mentira, sou capaz de reconstituir a verdadeira trajetória de Zédinho – o "sambista autêntico", nas palavras de Paula. Quer ver?

Zédinho nasceu mesmo na Mangueira e morou na Tijuca. Até aí é tudo verdade. Adolescente, começou a freqüentar a ala de compositores da escola. Seus sambas, no entanto, nunca foram estranhos. Eram o oposto disso. Eram parecidos demais com todos os outros. Zédinho pode ter aprendido acordes dissonantes com Cartola, versos fúnebres com um Nélson, o Cavaquinho, e suingue no contratempo com o outro Nélson, o Sargento. Não ia, no entanto, além do que os mestres faziam. Era um craque da imitação bem-feita.

Zédinho não foi derrotado uma única vez na Mangueira. Talvez duas, quem sabe três. À medida que via minguarem suas chances de se entronizar bamba entre seus pares, ele aumentava seu prestígio entre os estudantes que iam às suas apresentações no morro e na Lapa. Para eles, que não eram capazes de distinguir a centelha criativa numa música e buscavam aquilo que os recém-chegados ao samba procuram no artista do morro – a tal "autenticidade", que na prática significa soar burocraticamente igual a tudo o que foi feito antes –, Zédinho era rei. O que contava é que ele fazia harmonias parecidas com as de Cartola e rimas à Nélson Cavaquinho.

Um dia, um estudante filho de pai influente disse aos amigos: "Eis um talento genuíno. O que ele não faria se tivesse formação musical." Disse o mesmo, com voz pastosa, ao pai influente, ao chegar em casa bêbado horas mais tarde. E assim Zédinho ganhou uma bolsa na Escola Nacional de Música, a poucas quadras dos bares da Lapa, onde se apresentava todas as noites. O que significava que ele poderia ir direto da aula para o trabalho.

Nos quatro anos estudando na escola, Zédinho descobriu qual era o seu verdadeiro talento: copiar com maestria. Que não se desvalorize essa modalidade de inteligência. Quantos são capazes de ouvir um disco com os prelúdios de Villa-Lobos ao violão e sair improvisando à moda dele? Para isso, é necessário um ouvido estupendo – o que Zédinho possuía de nascença – e um profundo conhecimento de técnica violonística, prosódia musical e encadeamentos harmônicos – o que Zédinho adquiriu com os professores da Escola Nacional.

Quando se tornou moda fazer "resgates", Zédinho se tornou o maior dos garimpeiros de talentos esquecidos. Visitava as viúvas de antigos compositores na Mangueira, Portela, Salgueiro e Império Serrano. Pedia seus cadernos de anotações.

A partir de um ou dois versos fazia um samba inteiro no estilo do falecido. Convencia a viúva de que a música era autêntica, e mostrava aos jovens a sua descoberta. Ficava tudo tão bom que Zédinho quase acreditava que a música havia sido composta pelo dono original. Um de seus números mais famosos era propor desafios. Um estudante lhe pedia para criar um samba à moda de Cartola com as harmonias de Debussy. Ou para misturar Paulinho da Viola com Schoenberg. Em seu trabalho como compositor, Zédinho percebeu que a combinação de universos díspares resultava em algo aparentemente novo. Era a chance de seu talento copista engendrar algo original. Havia, desta vez de verdade, encontrado o seu estilo. E acreditava nisso. Foi nessa época que seu público achou que havia ficado alienado e o abandonou. Começou, assim, a fase de ostracismo e de viver de canjas.

Passaram-se anos até que a arte de Zédinho encontrasse seu ouvinte perfeito: Juca. Ele possuía o genuíno interesse pela música popular somado a um sólido conhecimento do erudito. Joachin Kohler tinha acabado de chegar ao Rio. Viera com uma bolsa para pesquisar o chamado samba “de raízes”, mas não sabia ainda qual seria exatamente o foco de sua tese. Pensou em fazer algo sobre os diferentes estilos de cada escola de samba. Comprou CDs com carnavais vencedores de Mangueira, Salgueiro, Portela, Império Serrano, Beija-Flor, Mocidade, Imperatriz. Operosamente, começou a passar as músicas para partitura, a analisar as harmonias, a tentar identificar um estilo comum. Um dia, no meio de suas pesquisas, soube que Tantinho da Mangueira iria cantar no Carioca da Gema.

Já conhecia o lugar, sempre cheio, uma meia dúzia de mesas para duzentas pessoas. Resolveu chegar bem cedo para pegar uma – Juca não gostava de ficar de pé em shows, preferia se sentar e prestar atenção na música como se estivesse numa sala de concertos. Tomou a primeira caipirinha às sete da noite, logo depois a segunda, e então parou, pois caso contrário ficaria bêbado antes de o show começar. Era uma quarta-feira e Tantinho subiu ao palco às dez da noite. Voz de bronze, repertório impecável, sambas clássicos de diferentes épocas. Quando Tantinho começou a entoar "responde, soberbo, o campestre, foi Deus, foi o mestre, quem fez meu Brasil", Juca ouviu uma voz vinda da mesa de trás:

"Cartola e Carlos Cachaça, Mangueira, 1949."

Ficou irritado, pois conhecia a música, não precisava da legenda. Além disso, detestava quando alguém conversava durante uma apresentação musical, fosse de que gênero fosse. Deixou para lá e tentou se concentrar de novo na música. Quando Tantinho iniciou os versos de "Bahia, terra da magia, da feitiçaria e do candomblé", um de seus sambas preferidos, "Caô, meu pai, Caô, Caô, meu pai, Xangô", quase se esqueceu do chato da mesa de trás não tivesse ele novamente interrompido:

"*O que é que a Bahia tem*, 1980. Eu estava lá no sambódromo. Ou melhor, na Sapucaí, porque o sambódromo não havia sido construído ainda."

E assim foi até o final do show. Na última música, quando o cantor se empolgava com os versos "sonhar com anjo é borboleta, sem contemplação, sonhar com rei dá leão, mas nessa festa de real valor, não erre não, o palpite certo é Beija-Flor", Juca teve finalmente a oportunidade da vingança.

"Essa é fácil, Beija-Flor bicampeã, 1977, eu também estava lá", bradou a voz bêbada da mesa de trás.

"Errado. Esse samba é de um ano antes, 1976, primeiro título da escola, primeiro ano com Joãosinho Trinta, depois de um bicampeonato no Salgueiro", rebateu Juca, finalmente encarando seu contendor.

"Caramba, nunca vi um alemão entender tanto de samba. Zédinho, um seu criado."

O sambista estava de camisa rosa, calça verde e aparentava menos do que seus cerca de sessenta anos porque o chapéu escondia a carapinha branca. Ao lado dele estava uma mulher pelo menos quarenta anos mais moça, loira, cabelo liso, saia curta, expressão de tédio de tanto ouvir cronologias. Quando ela se levantou para ir ao banheiro, Zédinho se mudou para a mesa de Juca. Um pediu a terceira caipirinha, o outro a quinta, e fizeram um brinde. De longe, de volta do banheiro, a enfastiada companheira do sambista viu os copos se tocarem e decidiu ir embora. Tantinho passou pela mesa para cumprimentar o amigo da Mangueira, e Zédinho reclamou de não ter sido chamado para a tradicional canja. Tantinho deu uma desculpa qualquer e continuou a via-sacra de cumprimentos.

Juca e Zédinho ficaram no bar mais umas duas horas antes de pedir a conta. O professor falou de sua bolsa e de sua vinda ao Rio em busca de um assunto. Zédinho viu ali uma chance de obter, de novo, algum tipo de reconhecimento acadêmico, desta vez num nível ainda mais elevado – o da pós-graduação. Marcaram um encontro para o dia seguinte.

Na quinta-feira Zédinho estava no apartamento de Juca, na Lapa. Espantou-se ao ver que o músico de São Paulo vivia em condições mais modestas do que ele. Em meia hora de conversa, soube do fascínio de Juca por Cartola, por Tom Jobim, por harmonias dissonantes. O professor de música pediu que Zédinho tocasse uma composição própria. O sambista, na hora, improvisou uma melodia misturando Cartola e Tom Jobim que deixou Juca fascinado. Música sem letra. Justificou dizendo ter uma memória péssima, precisava ir em casa para recuperar os versos, traria no dia seguinte. Poderia remexer o baú e trazer outras jóias da mesma arca – usou exatamente essa imagem, "jóias da mesma arca", que Juca achou perfeita para um poeta do samba.

E assim surgiu a amizade de ambos. Zédinho compunha o que Juca queria ouvir. Juca dava a Zédinho aquilo que, para ele, era mil vezes mais importante do que dinheiro – o reconhecimento, representado por uma tese acadêmica dedicada a ele. Um não existe sem o outro, o artista e o fã aparelhado para entendê-lo, como Dexter Gordon e François Cluzet no filme *Round Midnight.*

Como amantes de longa data que têm rituais próprios, Juca e Zédinho repetem constantemente o jogo do primeiro encontro. Um cantarola um verso de um samba, o outro tenta adivinhar escola e ano. No final Zédinho sempre ganha, pois retira do fundo da arca de jóias uma raridade – na verdade, um samba inventado ali na hora.

Juca, obviamente, um dia percebeu a impostura. Nunca a denunciou, nem para si próprio. Afinal, a mentira irá lhe render uma tese, a glória de ter redescoberto um sambista autêntico, que equivale a um visto de carioca no passaporte, além de um CD que será seu portfólio como músico e arranjador. Ao desconfiar da verdade, Juca, ao contrário, passou a admirar Zédinho ainda mais. A naturalidade na execução era algo que Juca conquistava à custa de muito treino. Como se fosse um ator que repete duzentas vezes uma fala com o intuito de tornar suas as palavras escritas por outro. Juca admirava aqueles que, ao dizer algo em música, pareciam fazê-lo com suas próprias palavras, com a mesma naturalidade de quem conversa numa mesa de bar. E era exatamente isso que Zédinho fazia quando compunha seus sambas de improviso.

# IX

## Era Tom Jobim quem ensinava isso

Já Paula e Juca formam um casal clássico, a musa e o músico.

É possível reconstituir a história de Paula a partir das várias canções que ela inspirou. A primeira, "Morena do Leblon", foi dedicada a ela por Johnny Silva durante um dos saraus promovidos por seu pai, dono de gravadora. Eram os primórdios do rock nacional. Johnny tinha visual de vocalista de reggae mas cantava e compunha em ritmo de bossa nova. A melodia ondulante de "Morena do Leblon" possuía uma semelhança com "Garota de Ipanema" que ia consideravelmente além do título. Dedicar a música à filha única do dono da gravadora ajudou Johnny a conseguir um contrato para o primeiro disco.

Nem assim teve vida boa na companhia. O diretor artístico implicou com a bossa nova e encomendou um arranjo, em suas palavras, mais "pesado". A idéia era lançar Johnny como o primeiro superstar negro do rock brasileiro. Não deu certo. "Morena do Leblon" não tocou no rádio e Johnny Silva nunca fez sucesso. A música rendeu a Paula um apelido durante um verão na praia. Os rapazes assobiavam a melodia quando ela passava em seu biquíni preto, num doce balanço a caminho da barraca de água de coco. Paula, como boa carioca, desde bem jovem não gosta de tomar banho de mar – de acordo com uma amiga, a mistura entre sol e sal fazia mal para a pele.

Embora tenha ficado lisonjeada e Johnny fosse cobiçado por todas as suas amigas, Paula nunca o namorou. A morena do Leblon sucumbiu, no entanto, ao charme caipira de Mário Mariano, cantor romântico-country que escreveu "Princesa" e dedicou a ela. A música era horrível, mas tocou em algumas rádios do interior do país. Mariano, com suas botas de caubói, não fazia sucesso entre as amigas de Paula nem com seu pai – ele era de uma gravadora concorrente. Pior: a música não fazia a mínima referência a ela. Depois de dois meses apaixonada, Paula descobriu que "Princesa" havia sido composta dez anos antes para uma prostituta de Goiás. Terminou o namoro. Prometeu que nunca mais se deixaria enganar: quem quisesse dedicar músicas a ela teria que colocar pelo menos seu nome na letra. Seria uma prova de amor, afinal, era difícil arranjar uma rima para Paula.

Foi quando surgiu Leandro, o sambista. Ele não era "autêntico", pois não nascera no morro, e sim no Leblon. Aliás, morava a um quarteirão de Paula, na General San Martín. Era simpático, tinha fama de namorador, tocava bem violão, conhecia alguns sambistas do morro e freqüentava os saraus do pai da morena. Na música, era totalmente amador, estudava engenharia, e Paula pensou que ele não a namoraria em troca de ter um disco gravado, pois ser cantor não era seu objetivo na vida. Leandro compôs um samba cujo título era exatamente "Paula". Estava apaixonado, mas não a ponto de encontrar uma rima: o nome aparecia no meio do verso. Paula estava com 18 anos, Leandro com 22. Começaram a namorar. No dia em que pediu Paula em casamento, Leandro a levou até a quadra da Mangueira, e ela ouviu a música que tinha o seu nome cantada pelos sambistas da Velha Guarda. Como era inevitável, chorou. O namoro durou seis meses.

Paula casou com outro, separou, casou de novo, separou de novo, casou pela terceira vez, separou e nesse percurso mais seis ou sete músicas foram compostas para ela por freqüentadores dos saraus de seu pai. Isso fazia com que sentisse ter algo de especial, mas não sabia exatamente o que era. Ser musa seria um talento? Aos trinta e poucos anos ela continuava tão inspiradora quanto aos 18, era convidada para todas as festas e tinha mesa cativa nos melhores bares da cidade. Quando chegava, o garçom furava a fila de espera e dizia que a reserva dela havia sido feita horas antes, por telefone. Paula não teve dificuldade para conseguir mesa no Real Astória naquela noite de julho de 1991, nem para cortejar o homem mais disputado da noite, um ator de televisão dez anos mais novo. Por volta das cinco da manhã, o rádio de um carro estacionado na frente do bar tocou uma regravação de "Morena do Leblon". Paula disse:

"Essa música é minha."

"Foi você que compôs? Que legal! Sempre foi um dos meus rocks favoritos. Eu conheço a cantora. Ela desencavou essa música de algum lado B, no tempo em que os discos tinham lados", disse o ator, repentinamente entusiasmado.

"Na verdade, não fui em quem compôs. Compuseram para mim."

"Ah", decepcionou-se ele.

"Eu fui a inspiração da música, eu quis dizer."

"Interessante. Por falar nisso, você já me viu na novela?"

Paula percebeu naquele momento que, com raríssimas exceções, o mundo não valorizava a profissão de musa.

Passou-se mais uma década, Paula chegou aos quarenta e os donos dos bares que ela freqüentava haviam mudado de cidade ou vendido seus estabelecimentos. Não era mais tão fácil conseguir mesa. Nessa época, a gravadora do pai de Paula contratou a Velha Guarda da Mangueira. Como de praxe, os músicos haviam sido convidados para tocar num dos saraus da Delfim Moreira, e decidiram apresentar o repertório que pretendiam incluir no CD. Foi quando Paula ouviu novamente "Paula", a música que Leandro havia composto para ela. Só que, no momento em que seu nome deveria ser entoado, apareceu outro: Lúcia, a mulher com quem seu ex-namorado, hoje executivo de uma estatal, era casado há 12 anos e com quem tinha três filhas. Paula saiu da sala furiosa e se trancou no quarto. O pai dela riu da situação e contou a história para os músicos. Um deles observou:

"Era Tom Jobim quem ensinava isso. Colocar o nome da musa no meio do verso, e não no final. Assim é possível trocar sempre, sem alterar a rima."

Quem fez a observação foi Zédinho. Ele estava na festa com Juca, a quem apresentou ao pai de Paula como seu "amigo alemão". Pesquisador do samba, Joachin Kohler se interessou primeiro pela história, depois pela música, cujos acordes achou interessantes, e por último por Paula, que havia voltado do quarto de maquiagem retocada e vestido curto. Juca olhou para as pernas perfeitas antes de ver o rosto e estranhou o fato de o dono da gravadora, já com seus setenta anos, ter uma filha tão jovem e tão bonita. Muitos dizem que Juca só a cortejou por interesse. Ele, na verdade, se casou com Paula por tudo o que ela realmente é – uma mulher bonita, rica e cheia de contatos que certamente ajudariam em sua carreira na música popular. À parte tudo isso, apaixonou-se por ela à primeira vista, como só os românticos alemães são capazes. Isso tudo fica claro na cena acima, a qual sou capaz de visualizar como se tivesse presenciado.

Não é uma boa história? Marta diria que eu imagino demais. Eu sei que você, ao contrário dela, acredita em mim. É por isso que estou aqui no Rio para encontrar você, bem longe de São Paulo e de Marta com sua voz de despertador.

# X

Noite alta, céu risonho, a quietude é quase
um sonho, o luar cai sobre a
maaaaaaata...

Depois da noitada no Clube Democráticos, chegamos ao apartamento de Paula. Já bastante bêbada, ela pede licença para ir ao banheiro. Sento-me num sofá amarelo-canário, cujo encosto, assimétrico, tem a forma de um triângulo escaleno. Observo as cadeiras verde-limão e a parede à minha frente, pintada de azul-cobalto, onde se vê um quadro abstrato em que crustáceos estilizados à Miró flutuam numa piscina laranja e roxa. Penso que minhas queixas sobre a mania de Marta de encher a casa de cores eram exageradas. Um garçom pergunta se vou beber algo e peço uísque, para ficar no destilado. Estou de costas para a enorme janela que dá para a praia do Leblon, parcialmente fechada por uma cortina amarelo-berrante. Os móveis certamente são assinados, consigo perceber isso embora não entenda nada de design e seja incapaz de reconhecer a assinatura.

A campainha toca. O garçom abre. Entram dois homens de mais ou menos quarenta anos, um deles com rabo-de-cavalo. Eles me cumprimentam com um aceno de cabeça, também pedem uísque e fazem menção de que vêm puxar conversa. Sou salvo pela campainha, que toca de novo. Entram três moças, vinte e poucos anos, o que faz com que os dois homens mudem o foco. Faz calor, duas usam vestidos curtos e uma está de bermuda. Todas têm purpurina no rosto, reconheço o verde e o roxo do bloco de hoje à tarde. Reparando bem, os homens também têm algo de carnavalesco. Um deles usa uma camisa branca com uma estampa prateada. O outro, o de rabo-de-cavalo, está de calça branca e uma camiseta vermelha com o logotipo da escola de samba do Salgueiro.

Começo a olhar os cinco e a tentar adivinhar quem são e de onde vêm, no jogo no qual me especializei em minhas tardes no balcão da loja. De tempos em tempos, o homem do Salgueiro enquadra as moças com os polegares e indicadores formando duas letras "L" acopladas, o que resulta num retângulo. Elas riem da brincadeira, e isso cria uma aproximação. Deduzo que o homem do Salgueiro é um cineasta desses que não filmam, que passam anos retocando o primeiro roteiro e captando o dinheiro que lhes garante o uísque-combustível. Neste momento ele deve estar contando isso à moça morena de cabelo liso e pernas bonitas sobre a sandália que eleva em uns 20 centímetros sua estatura. Ela tem o riso fácil. Gargalha a cada enquadramento de seu novo amigo.

Em vinte minutos a sala já está cheia de convidados e Paula ainda não voltou. Todos se entrosam, mas ninguém puxa assunto comigo. O que me deixa livre para continuar o jogo de imaginar quem são, de onde vêm e para onde vão. Se bem que essas duas últimas questões são fáceis de responder: eles vêm do carnaval ou vão para ele.

Por exemplo, as duas mulheres que seguram um pince-nez com uma máscara de commedia dell'arte, provavelmente não vêm de um bloco, e sim de algum baile. Os homens também trazem seus adereços. Um, de barba purpurinada, carrega sobre a cabeça semicalva uma coroa de louros parecida com a usada por Nero. Tenho impressão de que já o vi no bloco da tarde. Olho para o chão e constato que vários homens usam sapatilhas douradas e prateadas. Elas fazem parte de um uniforme comum, em que uma meia-calça ocre sobe pela perna cabeluda e desemboca num calção de pajem medieval. Deve ser a fantasia de alguma ala de escola de samba. Lembro-me de você. Penso que daqui a alguns instantes estaremos também fantasiados, e eu usarei uma meia-calça semelhante, de cor verde. Imagino que você possa, a qualquer momento, tocar a campainha. Você conhece todo mundo, Paula também. É bem provável que você tenha sido convidada.

Um jovem tem sobre a testa uma máscara que imita algum político, mas não identifico qual é. Este último deve ser repórter. Traz um bloco na mão e anota tudo o que vê. Quando engata conversa com alguém também toma notas, como se estivesse fazendo uma entrevista. Em geral os grupos se desfazem e as pessoas fogem quando ele se aproxima. Imagino que muitos dos que estão ali não gostariam de ver seus nomes publicados nos jornais no dia seguinte. Fico tentando entender por quê, e em poucos segundos encontro a explicação óbvia: os homens chegam em grupos de homens, e as mulheres em turmas de mulheres. Estão todos solteiros ou solteiras, mas alguns deles certamente são casados na vida real que recomeça na quarta-feira, para ser novamente interrompida no sábado do carnaval do ano que vem. A enorme sala agora está cheia, e noto que alguns casais já começam a se formar.

Quem me interrompe desta vez do devaneio não é a voz de Marta, mas o tlec-tlec do sapato de plataforma de Paula, já fantasiada de verde e amarelo para o Império Serrano de logo mais. Embora tenha achado a decoração esquisita, resolvo elogiar. Faço algum comentário sobre as cores.

"Gostou? A culpa é da minha última viagem de ácido, no carnaval do ano passado. Tive uma bad trip consumista, comprei as cortinas e os móveis, e o quadro também. Quando entregaram aqui em casa, não acreditei. Pensei em devolver tudo. Mas achei que deveria guardar até o carnaval seguinte, pois combinaria. Fica perfeito para a festa de hoje, não fica?"

"Não sabia que era uma festa, mas parece bastante animada."

"Quando eu tinha vinte anos, chamavam isso de orgia. Eram sempre aqui em casa, pois apartamentos com muitos cômodos favorecem esse tipo de divertimento. Meu pai viajava, e os meus amigos vinham para cá. A noite começava com drogas e terminava com sexo, e rock'n'roll sempre tocando ao fundo. Agora que os tempos são mais caretas chamamos isso de sarau. Juca traz os alunos e alunas dele. Em vez de rock, todos tocam e ouvem samba e choro, estilos que os jovens gostam hoje em dia. A única droga é a maconha, acessível ao bolso do músico. Tem também o meu uísque escocês, que eles não podem comprar e por isso adoram beber quando vêm aqui. São as únicas mudanças em relação ao passado. Depois de tocar e cantar, a pegação é a mesma. Mas a festa de hoje é especial, fiz algo diferente."

"O quê?"

"Sempre azucrinei o Juca por causa das aluninhas de vinte anos de idade do conservatório onde ele dá aula. Quando elas vinham aqui e ficavam paquerando o professor, eu acabava sendo mal-educada. Hoje, no entanto, resolvi ser boazinha e pedi para ele convidar todas. Só mulheres. Em contrapartida, chamei todos os meus ex-namorados de quarenta e cinqüenta anos, alguns divorciados, outros em fim de casamento. É uma experiência científica. Quero ver quantos casais se formam. Se quiser se arranjar, fique à vontade. A não ser que você tenha algum programa engatilhado para o final da noite..."

Penso que é melhor não falar de você, demandaria muito tempo, talvez fosse mais fácil mostrar a Paula o que já escrevi até aqui, mas decido que não, uma orgia carnavalesca não é o momento adequado para falar de uma história de amor séria como a nossa.

Paula pede licença e vai cumprimentar seus convidados. Sorri amarelo para as moças, fingindo simpatia. Detém-se um longo tempo conversando com cada um dos homens, puxa assuntos que demonstram que os conhece bem. A cada sessão de recordações do passado, bebe uma dose de uísque. Como se soubesse que eu tomo nota de tudo o que acontece para mostrar a você, de tempos e tempos vem me apresentar um de seus amigos.

"Pedro, esse é o Lucas, cineasta experimental", ela rotula, trazendo pelo braço o homem de rabo-de-cavalo com a camiseta do Salgueiro. "Ele incluiu uma personagem inspirada em mim num de seus filmes, em que ano mesmo? 85? 86? Bem, não importa, eu vi e não achei nada parecida, mas a história não era muito linear mesmo, afinal era um filme experimental, não? Lucas vai sair no Salgueiro, um pouco antes da nossa escola, o Império."

O homem me estende a mão um pouco constrangido, mas nossa conversa não chega a prosperar. Acontece o mesmo com Paulão, o roqueiro, Pontes, o poeta, e Claudinho, o pintor do quadro de Miró que está na parede em frente. Passam-se mais quarenta minutos de apresentações e Juca chega com Zédinho. A essa altura, Paula está completamente bêbada, e vira o rosto quando Juca vai beijá-la. O músico não liga muito, reage como se esperasse isso numa festa em que Paula inevitavelmente descobriria que todos os ex-namorados haviam-se tornado bons amigos. Pior: haviam peregrinado à casa da antiga musa unicamente para tentar algo com as alunas do marido dela. Como se continuasse o número das apresentações, Paula puxa Juca pelo braço e o traz até mim.

"Pedro, este é o Juca. Ele é músico. Já compôs para mim. Agora não me ama mais."

"Você está me confundindo com algum outro homem dessa festa. Eu nunca fiz nenhuma música para você. E sou o que ainda te ama", responde o marido.

Completamente bêbada, Paula leva Juca pelo braço e faz a mesma apresentação para vários outros convidados da festa. Ou, pelo menos, os que restam no salão. Vários casais – e trios, e quartetos – já desapareceram rumo à ala dos quartos. Felizmente a cena constrangedora não dura muito. Paula desaba sobre o sofá escaleno no qual, por acaso, eu estou sentado, bebendo o terceiro uísque. Como se nada tivesse acontecido, começa a dormir profundamente. Juca se senta ao meu lado para amparar a cabeça da mulher no colo. Com uma das mãos ajeita o cabelo dela, e com a outra segura um copo de cerveja. Quer falar baixo para não acordá-la, mas não consegue. De pileque, o alemão filosofa em português:

"Ela sempre faz isso. Bebe e diz que eu não a amo. Bobagem. Eu amo a música. Sou capaz de passar um dia inteiro examinando as possibilidades de um único acorde para melhorar um arranjo. Amar é isso, é dedicar-se. Quem consegue amar uma arte sabe também amar uma mulher. É difícil ser casado com alguém que tem muito mais dinheiro. Eu me beneficiei desse casamento? Claro que sim. Troquei a Lapa pelo Leblon, não preciso me matar de dar aulas de violão para alunos que não querem estudar, posso me dedicar a minhas pesquisas e aos meus arranjos. Além disso, os contatos de Paula me ajudaram bastante na produção do CD em homenagem a Zédinho. Agora, você me pergunta: foi por isso que me casei? A resposta é não. Fiquei apaixonado desde a primeira vez em que a vi. Não acreditava que estava namorando a musa de tantos sambistas, poetas, cineastas. Cheguei a ir à Biblioteca Nacional rastrear os jornais em que ela aparecia. Acredite, Paula teve a sua época. Ela saía em todas as colunas sociais, e também era citada em críticas de filmes, discos e livros. Procurar qual era o personagem inspirado em Paula era o esporte nacional carioca. Ela era moda. E acredito que um dia, quem sabe com esse disco, voltará a ser."

A digressão do músico é interrompida pela musa, que acorda. Ele a pega no colo e a leva na direção do quarto. Zédinho, que estava do outro lado da sala, vê a cena, se aproxima com o violão colado ao peito, em postura de seresteiro e, também bêbado, começa a cantar: "Noite alta, céu risonho, a quietude é quase um sonho, o luar cai sobre a maaaaaaata..." Zédinho segue o casal, que vai para a ala dos quartos. Vejo quando os três entram na principal suíte do apartamento, contígua à sala.

A essa altura estou no sétimo uísque e o cheiro de maconha me deixa enjoado. Tenho vontade de cochilar e penso que dormir um pouco pode ser bom, pois daqui a pouco vou ter que desfilar e, mais importante, encontrar você. Efetivamente cochilo. Durmo. Até sonho. Acordo ouvindo sussurros vindos da ala dos quartos. Na suíte ao lado, ouço gemidos que parecem ser de Paula. Ao fundo, um solo de violão. Os estilos de dedilhado, um enfatizando os bordões, o outro a polifonia, se alternam. Ora os gemidos de Paula parecem emoldurados pela música de Juca, ora pelo violão de Zédinho.

# XI

## Eu era Bruno Ganz e ela procurava Michael Douglas

O que Juca chama de amor eu sempre fazia e contava no bar – mas, lá, davam outro nome: obsessão. A dele é a música. A minha é o cinema. Juca é capaz de ouvir a gravação de um samba inédito dezenas de vezes, com o objetivo de transcrever cada nota na partitura. Eu tenho o estranho hábito de assistir a um filme dez, 15, vinte vezes, e sem nenhum objetivo prático – o que mostra que minha paixão é mais genuína do que a dele. Decoro a seqüência das cenas, os ângulos da câmera, alguns diálogos. À noite, sonho que assisto ao filme, e nos sonhos às vezes até participo de algumas cenas. Em geral no papel de coadjuvante, como o barman do saloon que vê de perto o duelo entre Doc Holiday e Wyatt Earp, e se sente feliz por ser um espectador privilegiado.

Lembro detalhadamente tudo a que assisti entre os 17 e os 21 anos, no Cineclube da GV. Depois dessa idade, os arquivos da memória ficaram sobrecarregados. Isso foi piorando com o tempo. Às vezes me esqueço de uma cena importante de um filme que vi na semana passada pela oitava vez. Isso me desespera.

Recentemente, para evitar a frustração, criei o hábito de anotar tudo. Quando vou ao cinema, levo caderno e lápis. Desenvolvi uma técnica para escrever sem tirar o olho da tela. Enquanto a mão direita rabisca, a esquerda marca o ponto do papel onde a escrita pára, fixando assim a latitude de onde devo continuar. Desta forma as linhas nunca se sobrepõem.

Por alguma razão, acho que um dia minhas retinas vão se cansar desse esforço no escuro e ficarei cego. Quando isto ocorrer, usarei essa técnica para escrever meus próprios filmes. Relatarei as cenas que me restarem na memória, modificando-as e melhorando-as, já que a realidade é sempre mais interessante quando misturada à imaginação abstrata de um cego.

Por ter esse hábito de ver filmes dezenas de vezes, passei a maior parte da vida sozinho. Namoradas gostam de ir ao cinema, mas querem ver na tela uma história diferente de cada vez. Um dia, na época da faculdade, tive uma idéia. Já que o filme seria constante, poderia variar a companhia. Comecei a ir aos bares nos finais de tarde. Era um jogo no qual o tempo desempenhava um papel importante. Tinha três horas para conhecer uma moça e convencê-la a ir ao cinema comigo, a tempo de pegar a última sessão. No dia seguinte atacaria em outro bar, e veria o mesmo filme. Achei que tinha chance, pois não seria insistente ou pegajoso, e não pediria nada além disso. Apenas uma companhia para ir ao cinema, e depois conversar a respeito. Na conversa, eu me mostraria surpreso com o desenrolar e o desfecho da história, como se nunca houvesse assistido ao filme antes, respeitando-a na sensação insubstituível de fazer algo pela primeira vez.

Em pouco tempo percebi que era um jogo muito difícil de ganhar. Ir ao cinema juntos, para quase todo mundo, é algo mais íntimo do que beijar ou fazer sexo, e um convite tão comprometedor só deve ser feito depois da primeira vez na cama, que é o que efetivamente marca o início dos namoros. Eu ia aos bares, conhecia mulheres, fazia o convite e fracassava. Nunca saía incólume da frustração, por mais que sua repetição a tornasse previsível. Saía do bar deprimido e levemente bêbado, e me refugiava da tristeza no escuro e no lugar de sempre: o cinema.

Depois do filme, caderno debaixo do braço, ia para o bar. Pedia ao Joaquim uma caipirinha, depois outra e mais outra, intercaladas com água mineral, e em pouco tempo não me sentia mais sozinho. O álcool fazia com que eu encontrasse na vida real os personagens do filme. Lembro a época em que assisti a *Coração Satânico* 18 vezes. Depois de cada sessão eu ia ao bar, e um homem de terno desestruturado e barba por fazer se sentava sempre na mesa que dava para a varanda, sozinho. De lá, escolhia uma moça, concentrava o olhar nela e enquanto isso cofiava a barba milimetricamente malfeita. Nunca abordava ninguém – Mickey Rourke, no auge de seu estilo cool, nunca faria isso. A eleita e suas amigas de mesa riam dele, mas nunca vi uma que tomasse a iniciativa. O Mickey Rourke da Vila Madalena saía invariavelmente sozinho do bar, cambaleante de quatro uísques, cada dose em homenagem a uma declaração de amor que não havia sido feita.

Mais ou menos na mesma época eu me apaixonei pela trapezista de *Asas do Desejo*, e vivia tentando encontrá-la depois do cinema. Pedia uma caipirinha ao Aílton e a procurava. Quase todas as mulheres, naquela época, usavam cabelão crespo. As que tinham fios lisos faziam permanente. Como encontrar a trapezista certa num bar em que todas as mulheres pareciam ter saído do mesmo filme? Uma noite, como o Mickey Rourke falso ou o Bruno Ganz verdadeiro, fixei meu olhar em uma. Ela usava vestido vermelho como Solveig Donmartin na última cena do filme, e eu me sentei na mesa ao lado tentando ouvir seus pensamentos. Ela estava triste porque o circo falira, mas ao mesmo tempo feliz porque uma nova vida se iniciava, era bom romper com o passado e começar algo novo, quem sabe não encontraria alguém, tinha a sensação de que um homem apareceria, até podia sentir a presença dele, em seus sonhos, e... parei de ouvir sua voz virtual quando me dei conta de que minha mente reproduzia uma soma dos diálogos que eu ouvira no cinema 26 vezes. Desperto, escutei o que ela realmente dizia: era corretora da bolsa de valores, considerava que mulheres sempre conseguem ser bem-sucedidas nessa profissão – já que é próprio do sexo feminino arriscar mais quando joga –, havia ganho muito dinheiro no ano anterior e seu filme favorito era *Wall Street, Poder e Cobiça.* Eu era Bruno Ganz e ela procurava Michael Douglas.

Como toda mãe, a minha tinha suas máximas. Ela, que era atriz, dizia que tudo o que acontecia na vida real repetia o enredo de filmes, livros ou peças de teatro. Falava isso para justificar-se no período em que eu era pequeno e ela, desempregada, abandonada e bêbada, ficava em casa decorando textos que nunca iria interpretar. "Pode ser que eu nunca volte a atuar, mas pelo menos aprendo o que fazer quando estiver de novo numa situação dessas", dizia ela, e arranjava vários exemplos para justificar sua tese. Minha mãe ouvira falar muito bem de meu pai antes que os dois se conhecessem, e isso nunca poderia dar muito certo, pois se sabe desde o *Tartufo* que um homem de quem todos falam bem não é necessariamente bom – pode ser simplesmente alguém capaz de enganar a todos com competência. Quando ele viajou a trabalho para o Rio de Janeiro certamente arranjaria outra, pois quem vai para longe sempre encontra alguém em outro porto. Illica e Giacosa mostraram isso exemplarmente em *Madame Butterfly*, a ópera favorita de minha mãe.

Eram conexões malucas, próprias de quem bebia para afogar um abandono, ela que sempre largara os homens e nunca, antes de meu pai, havia sido deixada por algum deles. Vieram novos amantes e a depressão passou. Minha mãe deixou de viver o clichê de que a vida imita a arte logo que esqueceu meu pai. Já eu me lembro vivamente das histórias que ela contava e das relações que fazia entre elas, com a clareza com que os meninos de três anos de idade recordam a primeira mulher de suas vidas.

Comigo, nunca nenhum filme se repetiu. Sei de cor vários diálogos, mas nunca tive a oportunidade de dizê-los. A não ser na primeira vez em que vi você.

# XII

## Com tantas locadoras na cidade você precisava entrar logo na minha?

Com tantas locadoras na cidade você precisava entrar logo na minha? Os monitores da loja passavam o DVD de *Casablanca*, mas não na cena em que Rick Blaine reencontra Ilsa Lund e ela, sádica, obriga Sam a tocar de novo "As Time Goes By" – seria clichê demais, uma dessas coincidências que tornam a vida mal escrita como uma novela de televisão. O trecho que passava era o flash-back em Paris, e imaginei você lá. Como já disse, há poucas coisas para se fazer no balcão de uma loja. Um de meus passatempos era observar as pessoas que entravam, imaginar suas vidas e tentar encaixá-las em filmes. Podia ser o que estava passando na loja naquele momento. Ou então eu me inspirava no DVD que elas próprias alugavam, pois a escolha sempre dizia algo sobre quem escolheu.

O homem de terno e gravata que, à saída do trabalho, pegava *Os Caçadores da Arca Perdida* talvez não ficasse bem no papel de Indiana Jones, mas tinha cara de quem gostaria de ser resgatado por Harrison Ford do fosso com as cobras. O adolescente de camisa de flanela que alugava *O Acossado* certamente gostaria de se imaginar numa época em que jovens como ele não usavam trapos com padrão quadriculado, mas sim gola rulê e blazer, combinação infinitamente mais charmosa quando o cenário é Paris no outono, e não São Paulo no inverno. Paris. Sempre teremos Paris, diz Rick a Ilsa no aeroporto no final do filme. Sempre teremos o Rio, digo eu a você agora, e para que tenhamos o Rio para sempre eu registro aqui cada momento deste nosso dia, no qual estou prestes a encontrar você.

Divago, desculpe. Eu falava do momento em que você entrou na minha loja, era loira como Ilsa, e imediatamente imaginei Paris ao fundo. Paris, França. França, país da gastronomia. Por associação de idéias, naquele instante reconheci você, que eu sabia ser uma chef famosa. Como todo fã de cinema, sou ótimo fisionomista. E tinha visto uma foto sua numa reportagem.

No balcão da loja, além de ver DVDs e imaginar clientes em situações cinematográficas, eu leio. Dias antes, vira seu rosto numa revista feminina. Gosto de catalogar sorrisos e bocas, e os seus estavam entre os maiores e mais bonitos da minha coleção. Memorizei-os e, quando você entrou em minha loja, os reconheci. Você era loira como Ingrid Bergman, e logo o cenário de Paris se formou atrás de você. Nos filmes americanos, a França é associada a cenas românticas, mas também à culinária. Em *Sabrina*, Audrey Hepburn vai a Paris para fazer um curso de cozinha. A cidade aparece no filme através da janela da escola, e se resume a uma imagem da Torre Eiffel pintada num cenário provavelmente de papelão (é duvidoso que Audrey Hepburn tenha estado em Paris para fazer o filme, da mesma maneira que Ingrid Bergman e Humphrey Bogart nunca pisaram em Marrocos, pois *Casablanca* foi todo filmado em estúdio). A cozinha sofistica Audrey, que volta da França glamorosa o suficiente para disputar o amor de dois milionários.

Apertei a tecla pause na cópia de *Sabrina* que passava em minha mente no momento em que você veio até mim para retirar um filme. *Os Sonhadores*, me lembro bem. Por sua ficha, vi que você já era cliente da locadora há algum tempo. Inacreditável que eu nunca tivesse reparado, pensei, quando seu sorriso enorme ali na minha frente perguntou se eu havia visto o filme e se era bom. Era, eu respondi automaticamente, mas me lembrava dele apenas de maneira vaga, certamente consultaria minhas anotações, sem dúvida iria revê-lo naquela noite depois de fechar a locadora. Freqüentemente faço esses serões. Digo a Marta que tenho que conferir a contabilidade, quando na verdade fico trancado na loja revendo trechos de filmes. Despedimo-nos. Então você era minha cliente. Tudo ficara mais fácil. Era só pesquisar sua ficha no computador.

É outro de meus jogos favoritos. Quando imagino uma cena de filme para algum cliente e fico em dúvida sobre se é adequada ou não, recorro logo à ficha. Por ela, sei em qual papel se enquadraria melhor. Um dos dados que conta é o bairro onde o cliente vive. A mulher de camiseta e moletom que, antes de você, retirara *Garganta Profunda*, se chama Marisa Chabab e mora no Paraíso, típica vizinhança de classe média. Com certeza veio de carro pegar o filme, e escolheu uma locadora distante de casa, onde não fosse conhecida – minha loja fica nos Jardins. Chegou com a roupa que lhe serve de pijama por volta das três da tarde, horário em que finalmente conseguiu ter seu momento de solidão em casa, com os filhos na escola e o marido no escritório. Se veio à minha loja às três da tarde, é porque ela própria não trabalha, ou então tem alguma profissão que permite que faça serviços remotamente, de pijama, em frente ao computador. Difícil imaginá-la no papel de Linda Lovelace, então penso em outro filme para ela. A dona de casa assassina vivida por Kathleen Turner em *Mamãe É de Morte*? Pelo tipo físico, Marisa se aproxima mais de Kathy Bates em *Louca Obsessão*, interpretando a mulher que tortura o escritor. Por que só consigo imaginar cenas horríveis com ela? Talvez porque eu ache que quem passa as tardes sozinha num apartamento no Paraíso tem tempo suficiente para planejar crimes horríveis, enquanto devora um pacote de esfirras do Halim delivery. Espero que acariciar-se assistindo a *Garganta Profunda* no sofá da sala drene todas as energias assassinas de Marisa, e que ela esteja de ótimo humor quando o marido e os filhos voltarem para casa à noite.

A primeira coisa que reparei ao puxar sua ficha foi que seu nome não era o seu nome. Helena Lins não combinava com você, e também não era o que eu lembrava de ter lido na reportagem. O endereço era ali mesmo nos Jardins, mas de uma rua comercial. Como não havia o número do apartamento, deduzi que seria o seu restaurante, e que você vinha retirar filmes no intervalo entre concluir o almoço e preparar o jantar. Fiquei tentando recuperar a revista onde havia lido sobre você. Havia uma pilha na prateleira abaixo do balcão, eu guardo tudo, só jogo coisas fora quando não há mais lugar para armazená-las. Em alguns minutos encontrei a reportagem. Na entrevista, você falava que um chef de cozinha não podia delegar tudo aos subordinados. Era essencial sujar-se limpando os peixes, cortar-se fatiando as carnes, impregnar-se de cheiros misturando temperos. Declaração sugestiva. Acho que me apaixonei naquele momento. À noite, fechada a loja, iria esquadrinhar sua vida pela internet. Enquanto isso, eu me concentrava na foto de página inteira da revista, pensando em como seu avental poderia estar imaculadamente branco se você lidava, no dia-a-dia, com coisas das quais espirravam líquidos, linfas, sangues. O batom que delineava seu sorriso enorme era vermelho vivo. Da mesma cor com que havia sido bordado, no avental, o nome que guardei naquele momento para nunca mais esquecer.

Lenita Duarte.

# XIII

## Talvez você não goste tanto assim de cinema

Foi já há alguns anos aquela noite em que eu cheguei ao Filial e Joaquim me disse: "Aquela ali é a mulher da sua vida." Fiz a piada de sempre: "De que filme ela é?" Aílton, o outro garçom que sabia de minhas obsessões, riu e respondeu: "Ela é maluca como você. Gosta de ver o mesmo filme várias vezes. Vem aqui para o bar contar para as amigas. Elas acham a conversa chata e, depois que ela vai embora, reclamam com a gente."

Marta e as amigas estavam numa mesa na esplanada do bar, que tem uma vista bem paulistana – um posto de gasolina. Não precisei ir lá me apresentar. Elas me chamaram e já sabiam até o meu nome. Aílton e Joaquim já haviam feito o trabalho de divulgação sobre Pedro Aranha, o maluco obsessivo. Havia um lugar providencialmente vago ao lado de Marta. Sentei-me. Ela foi logo me testando:

"Uma mulher rica vai à favela onde mora sua empregada. O barraco está devastado por uma enchente. Enquanto a empregada tira a água da sala, a mulher e o namorado transam no quarto. Que filme é esse?"

"Essa é fácil. *Dolce Vita.* E não é uma favela, e sim um conjunto habitacional. Mas não adianta você me testar com essas perguntas. Eu não sou um cinéfilo. Não vi muitos filmes. Vi poucos, mas vi bem. Gosto de jogos, mas não desses tipo quiz."

"Eu adoro jogos, de todos os tipos. Mas quer dizer que quando você convida alguém para ir ao cinema é programa para um mês, mais ou menos?"

"Mais ou menos isso. Por falar nisso, amanhã é dia primeiro. Vamos escolher o filme de agosto?"

Claro que o diálogo não foi exatamente assim, com essa concisão de roteiro cinematográfico. Condensei aqui as falas essenciais de uma conversa que durou horas, na qual Marta contou que fazia pós-graduação em Filosofia mas queria ser escritora, e eu não disse nada sobre ter largado no meio a faculdade de Direito. Ela falou que a única coisa que atrapalhava seu projeto era a falta de imaginação, e por isso ela ia ao cinema para se inspirar, mas quando começava a criar suas próprias histórias elas ficavam parecidas demais com as dos filmes. Marta disse que morava com os pais, apesar de já ter 27 anos, e parecia não se preocupar muito em conseguir ganhar seu próprio dinheiro para poder sair de casa. Eu omiti que tinha um emprego público que me entediava, e que pensava em largá-lo para abrir um negócio próprio com o dinheiro da venda do apartamento herdado da minha mãe, que havia morrido havia um ano. Foram horas em que ela falou, e eu ouvi. Ou seja, nos entendemos.

No dia seguinte, começamos a nossa maratona pessoal com uma cópia restaurada de *O Homem que Amava as Mulheres*. Eu escolhera a dedo, pois Marta queria ser escritora e o filme é sobre a alquimia que transforma a realidade num livro.

"Viu? A imaginação não é fundamental para quem quer escrever. A virtude do personagem é que ele é extremamente sincero a ponto de contar inclusive as situações que ficam ruins para ele, e meticuloso na reconstituição dos detalhes. Quem diz isso é a própria editora dele no filme", teorizei eu, mostrando que havia prestado atenção no que ela falara na noite anterior.

"Mas isso só funciona se você tiver uma vida movimentada como a dele. A minha nunca vai ser assim. Sou de muito pensamento e pouca ação", respondeu Marta, ainda ignorante sobre seu próprio futuro. "É um filme maravilhoso, não conhecia. Como você o descobriu?"

Iniciei aí uma longa narrativa sobre como aquele filme havia marcado a minha vida. Eu assistira a ele pela primeira vez numa sessão de cineclube, aos 18 anos, voltara a vê-lo várias vezes e, com ele, tivera certeza de que o cinema poderia se tornar uma obsessão. Era uma época em que, como o personagem do filme, estava descobrindo os livros – eu que odiava ler na adolescência – e as mulheres. Lembrava a música que tocava no rádio na época em que vi o filme de Truffault, a cor do ônibus que tomava para ir ao Cineclube da GV, o boteco barato e o gosto do sanduíche de mortadela que comia depois das sessões, que eu estava estudando para uma prova de matemática no dia em que vi pela primeira vez o filme, que fui ao cinema justamente para esquecer aquele mundo de gráficos e cálculos, que deu resultado porque fui bem no teste do dia seguinte. Até me assustei quando vi que me lembrava de tantos detalhes. Falei tanto – eu que havia passado a noite anterior quase que totalmente calado – que Marta se surpreendeu:

"Acho que talvez você não goste tanto assim de cinema. Você gosta da época em que viu os filmes pela primeira vez, e assistir a eles de novo faz com que você volte no tempo." Talvez pelo vício da faculdade, Marta sempre foi capaz de filosofia de botequim sem estar bêbada.

"Não é bem assim. Escolhi esse filme não para me lembrar de mim mesmo há dez ou vinte anos, mas porque achei que tinha a ver com você."

"Eu sei. De qualquer maneira, você me escolheu para compartilhar um momento do seu passado, e isso não deixa de ser lisonjeiro."

Eu nunca havia notado, mas Marta tinha razão quando dizia que os filmes, vistos tantas vezes, atuavam como marcos das épocas da minha vida. E eles, a partir daquele momento, passaram a balizar minhas fases com Marta. A ida seguinte ao cinema foi para ver *Shakespeare Apaixonado*, e o filme marcou a noite em que dormimos juntos pela primeira vez. Na sétima volta a *Tudo sobre Minha Mãe*, já no âmbito do Oscar seguinte, fomos morar juntos. Na terceira vez de *Beleza Americana* Marta arranjou um estágio numa multinacional. Tinha dúvidas sobre se aceitava ou não o emprego. Acabou descobrindo uma vocação. Inteligente para enxergar as diversas facetas de um negócio e ousada para correr riscos, teve uma ascensão fulminante. Em *O Escorpião de Jade* conseguiu a primeira promoção, e a empresa resolveu lhe pagar um doutorado em Economia. Em *Cidade de Deus* já era uma das principais executivas. Ganhava muito bem. Disse que eu não precisava mais trabalhar. Poderia realizar meu sonho, abrir meu próprio negócio. Larguei o emprego público e resolvi dar a mim mesmo um período para não fazer nada. Ou melhor, fazer apenas uma coisa: ir ao cinema.

Até *Chicago* Marta ainda me acompanhava. O primeiro convite que ela recusou foi para assistir a *O Pianista*. Preparava o dossiê de uma fusão de empresas e não tinha tempo. Adorei o filme, perguntei se ela queria assistir comigo na segunda ou na terceira ida. Marta disse que preferia ver filmes comigo desde a primeira vez, pois a incomodava a sensação de eu já ter visto antes. Assim, chorei sozinho várias vezes na cena em que Adrian Brody coloca a lata de pepino em conserva em cima de um piano de cauda e toca a "Fantasia-Improviso" de Chopin diante de um oficial nazista que, comovido, desiste de matá-lo. Cheguei em casa entusiasmado depois de *Fale com Ela* e quis contar a Marta cada cena do filme. Ela me ouviu tão calada quanto a personagem em coma de Leonor Watling na seqüência em que o protagonista descreve para ela um balé de Pina Bausch.

Marta achava que a vida dela estava ficando mais interessante do que os filmes, e me esnobava. Naquela noite em que eu assistira à obra-prima de Almodóvar, ela acabara de convencer um velho empresário falido, vindo a São Paulo na primeira leva de imigrantes italianos, de que ele deveria vender a fábrica que ele próprio havia fundado e visto crescer. "Veja só, usei um argumento sentimental, o de que a companhia precisava de um dono que tivesse capacidade para investir nela, e o velho topou vender", disse Marta, relatando sua mais recente vitória. Ela gostava de jogar, e havia descoberto um novo brinquedo. Que era completamente diferente do meu e inacessível a mim.

As semanas seguintes foram assim. Marta trabalhava 18 horas por dia. Não chegava em casa cansada. Vivia intensamente as sagas do mundo empresarial e queria contá-las para mim.

Essas histórias me provocavam tédio. Numa noite, depois de assistir a *As Horas*, liguei o piloto automático e a deixei falar. Em outra, após a sessão de *Sobre Meninos e Lobos*, fiz um teste. Antes que ela começasse a contar o seu dia, eu desembestei a narrar o filme e a compará-lo com o livro, que eu havia lido antes – afinal, tinha tempo. Foi a vez de Marta ficar entediada. Por birra, ou vingança, insisti no dia seguinte. Antes que ela viesse com a realidade, eu contrapunha a ficção. Assim, Marta ouviu minhas intermináveis digressões sobre *O Senhor dos Anéis*, *Monstro* e *Encontros e Desencontros*. Na décima vez em que expus a ela a teoria da inteligência concentrada defendida por um dos personagens de *Invasões Bárbaras*, Marta me perguntou, com delicadeza, se não estava na hora de eu voltar a trabalhar. Eu tinha dinheiro, havia vendido o apartamento de minha mãe e poderia, finalmente, abrir meu próprio negócio. Marta se dispôs a me ajudar com os trâmites burocráticos.

Eu concordei com ela. E já sabia, àquela altura, o que queria fazer. Foi assim que, no dia seguinte ao que assisti sozinho a *Brilho Eterno de uma Mente sem Lembranças* pela oitava vez, eu inaugurei a loja. Uma locadora de DVDs.

# XIV

## Que bom que você me guarda tão perto do seu coração

Os filmes são melhores na primeira vez em que assisto. Da segunda em diante, vão piorando. Na primeira sessão, se o roteiro for minimamente bom e as atuações competentes, sou envolvido pela história. A partir da segunda, começo a ver os defeitos. Assistir a um filme apenas uma vez é como iniciar um namoro. Ver várias vezes já significa uma convivência. Alguns filmes eu abandono depois da terceira ou quarta vez. Outros eu continuo vendo, e tento descobrir o que têm que me atraem. A razão, em geral, são algumas cenas marcantes. Hoje, com o DVD, posso me concentrar em revê-las. É quando fico pensando em como essas cenas poderiam ficar ainda melhores, e começo a imaginar. A partir do que vejo na tela, crio outras histórias em que as mesmas cenas caberiam. É esse jogo, atualmente, o que me fascina no cinema. Misturo o filme com a imaginação. Misturo o filme com a vida.

No meu dia-a-dia, depois que baixo a porta corrediça e fecho a locadora, faço ciclos para mim mesmo usando o monitor da loja. Não são mostras de filmes, e sim seleções de cenas reunidas por temas que me apaixonam de alguma forma. Assisto várias vezes a cada uma, e imagino como poderiam ser levemente modificadas para integrar histórias diferentes. Apenas imagino. Se ainda gostasse de literatura, Marta diria que eu deveria escrever as cenas imaginadas para, a partir delas, criar um livro. Não seria uma idéia ruim, um romance feito da soma de cenas de vários filmes, levemente modificadas. É um livro que, no entanto, nunca escreverei. Seria angustiante.

Eu leria as cenas modificadas, e teria novas idéias para modificá-las de novo, o que resultaria em uma nova edição corrigida, e depois outra e mais outra, até que depois de tantas modificações, a história se descaracterizasse completamente, resultando num segundo livro, e depois num terceiro, e num quarto. Seria uma carreira literária feita de variações sobre um mesmo tema – como deve ser a maior parte das carreiras literárias –, mas não me interessa. Apenas imaginar é mais conveniente. Essa é a minha vantagem sobre os autores de livros e os diretores dos filmes. Eles não podem fazer mais nada por suas obras. Eu, em minha mente, posso melhorá-las todos os dias.

Na semana passada, fiz um ciclo para mim mesmo com cenas de sexo. Escolhi as minhas favoritas. Assisti várias vezes e imaginei formas de melhorá-las. Em *Diabo no Corpo*, uma doente mental cujo marido está preso por terrorismo faz sexo oral num estudante, enquanto ele diz trechos da biografia de Lênin. O diretor usa a cena para fazer uma crítica à esquerda. No meu filme, a atriz Marushcka Detmers não usaria só a boca, embora tenha uma das mais bonitas do cinema. Usaria também as mãos, que aparecem numa emocionante cena anterior, em que ela masturba o marido enquanto o visita na prisão. E o estudante não falaria de Lênin. Gosto da idéia de ele dizer algo enquanto é abocanhado, mas um poema sobre o luar seria mais apropriado a uma cena que se passa dentro de uma noite clara.

Em *Lúcia e o Sexo*, uma garçonete se apaixona por um escritor apenas por tê-lo lido. Quando se conhecem pessoalmente, a atração é imediata, mas a bebedeira dela praticamente inviabiliza qualquer coisa que possa haver entre ambos. A única coisa que o escritor consegue fazer, ao chegarem ao apartamento, é levá-la para o chuveiro. A idéia não é ruim. O diretor, no entanto, poderia aproveitar melhor o jato de água sobre o corpo de Paz Vega. Prolongar as carícias com o chuveirinho seria original e impactante, além de digno da criatividade do personagem, que depois se envolve numa trama complicada que mistura realidade e imaginação.

Minha cena favorita entre todas, de *Os Sonhadores*, merece poucos retoques. Irmãos franceses incestuosos convidam estudante americano para se hospedar no apartamento deles quando os pais viajam, é o argumento do filme. Estudante americano tira virgindade de garota francesa na cozinha, sob a vista do irmão, é o resumo da cena. O que falta nesse trecho? Usar mais os apetrechos de cozinha. Quem sabe posições sobre fornos que esquentam devagar, talvez massagens com processadores vibratórios, ou – melhor que tudo – facas que ameaçam a nudez dos amantes em sugestões sadomasoquistas. Essa cena tem duas coisas que a fazem especial. Uma é quando o irmão da personagem aparece fritando um ovo e fumando um cigarro, e olha com tédio o que acontece ao lado. A outra é uma das linhas mais típicas do humor de Bertolucci, aquela em que a atriz Eva Green, após tirar a roupa do amante americano e constatar que ele levava uma foto dela junto ao sexo, profere com sua boca de lábios enormes: "Fico lisonjeada que você me guarde tão perto de seu coração."

Na semana passada, repeti essas três cenas. Na semana passada, repeti essas três cenas em minha loja. Na semana passada, sozinho em minha loja, repeti essas três cenas com você.

E foi assim que nos tornamos um casal.

# XV

## O Rio, do samba e da batucada, de malandros e mulatas, de requebros febris

Por volta das três da manhã, Paula, Juca, Zédinho, eu e os que não arranjaram par na festa da Delfim Moreira lotamos quatro táxis até o metrô Siqueira Campos. Entramos nos carros já devidamente fantasiados, com as roupas que Jonas, o dono da ala, mandara entregar naquela tarde. É o grande momento: vou finalmente encontrar você. Juca me explica que ninguém que não seja turista vai ao sambódromo de carro ou táxi, porque o metrô faz parte da festa. Domingo e segunda-feira de carnaval são os únicos dias do ano em que os trens funcionam 24 horas, e também os únicos em que as escadas rolantes são desligadas. O motivo: evitar que as fantasias fiquem presas entre os degraus.

Entramos no trem e entendo o sentido da explicação de Juca. O vagão está lotado com gente fantasiada. Existem roupas de todas as cores mas, por causa do horário, dois grupos se destacam, num predominando os tons de verde, no outro os de azul. De um lado – o nosso – bermudas e minissaias com os padrões da bandeira do Brasil, tops e boleros dourados, meias verdes e sapatilhas. Do outro, resplendores prateados, calças de pirata azuis e brancas, colares azuis. Dentro do vagão, nós nos encaminhamos para os que estão fantasiados como nós e começamos a cantar: "Vejam esta maravilha de cenário, é um episódio relicário, que o artista, num sonho genial, escolheu para este carnaval. E o asfalto, como passarela, será a tela do Brasil em forma de aquarela." Do outro lado, a turma azul e branca responde: "Bahia é um encanto a mais, visão de aquarela, e, no ABC dos orixás, Oraniah é Paulo da Portela. No mundo azul e branco, o deus negro fez nascer, Paulo Benjamim de Oliveira fez este mundo crescer..."

Percebo que estamos diante de um torneio, para ver quem canta mais alto o samba da própria escola. Nós, do Império Serrano, respondemos a plenos pulmões: "Passeando pelas cercanias do Amazonas, encontrei vastos seringais, no Pará, a Ilha do Marajó, e a velha choupana do Timbó, passeando ainda um pouco mais, deparei com lindos coqueirais..." Ao que a turma da Tradição responde: "Okê, okê, Oxóssi, faz essa gente sambar, Okê, Okê, Natal, Portela é canto no ar. Jogo feito, banca forte, qual foi o bicho que deu, deu águia, símbolo da sorte, pois vinte vezes venceu..." Estamos praticamente gritando quando damos o golpe de misericórdia: "Brasília tem o seu destaque, na arte, na beleza e arquitetura, feitiço de garoa pela serra, São Paulo engrandece a nossa terra..." Ao nosso lado, um casal de velhos de pele extremamente branca assiste a tudo surpreso com o fato de o espetáculo do carnaval começar muito antes do sambódromo. Juca está sentado num banco duplo do metrô, e tenta explicar a eles em inglês o que acontece. Paula tem a cabeça deitada em seu peito.

Saltamos na estação Central do Brasil e, guiados por Juca, nos encaminhamos para o clube Rio Ativa, onde se concentra a Ala do Jonas. Lá nos aguarda uma equipe de maquiadores. Passamos por uma via-sacra de bases, batons, delineadores e um toque final de purpurina. Entre uma fase e outra da maquiagem, todos bebem. Fazer a maquiagem, na verdade, é o pretexto para uma grande festa. Começa a garoar, nossos rostos ficam molhados, mas a maquiagem não se desfaz. Em pouco tempo, estamos todos vestidos de verde, amarelo, azul e branco e com rostos de palhaços.

Está chegando a hora de encontrar você. No clube, seu sorriso enorme, enfatizado pelo batom purpurinado, certamente brilhará mais do que os outros. Procuro seu rosto, mas não encontro. Falo com Jonas, e ele diz que nem todos chegaram, alguns retardatários irão se juntar à ala apenas na concentração. Resolvo então relaxar e observar a festa. Maquiada, salto altíssimo e saia curtíssima, Paula está mais bonita do que nunca. Flerta com todos, já encontrou três ex-namorados na festa, ouve gritos de "poderosa!" e "quero casar com você!", quando passa entre grupos de gays. Ela soma mais três caipirinhas à portentosa contabilidade etílica da noite e resolve ensinar o samba a todos os que ainda não sabem. Espanta-se com o fato de que muitos ainda não haviam decorado, embora faltem poucos minutos para o desfile.

"É que tem muito turista de São Paulo aqui", brinco.

"Que nada, os paulistas levam esse troço muito mais a sério, já vieram com o samba decorado, pegaram a ponte aérea plugados em seus i-pods", diz ela, sem saber que eu fizera exatamente isso. Circulando entre os diferentes grupos, movimenta as mãos como se regesse uma orquestra e começa o samba pelo único trecho que sabe direito: "O Rio, do samba e da batucada, de malandros e mulatas, de requebros febris. Brasil, essas nossas verdes matas, cachoeiras e cascatas, de colorido sutil..."

Juca e Zédinho pararam de beber e compartilham um baseado numa mesa de plástico. De longe vejo que olham calados a festa, interrompendo de vez em quando o silêncio para batucar no tampo da mesa, em seu interminável jogo de adivinhação de sambas. A maquiagem alva no rosto negro combina com a carapinha branca de Zédinho. Resolvo me juntar a eles na mesa, mas ouço o grito de Jonas dizendo que é hora de ir para a concentração. Fico parado na porta do clube de modo a inspecionar todos os rostos que passam na minha frente e ver se encontro você. A ala deve ter umas quinhentas pessoas. Os que daqui a pouco desfilarão cambaleiam bêbados, cantarolando o refrão do samba com voz pastosa: "Lá, lalalaiá, lá, lalaiá, lá, lalalaiá, lá, lalalaiá."

Chegamos à concentração, que parece um baile de carnaval de antigamente. Escravos egípcios confraternizam com baianas, colombinas namoram ícaros, enquanto numa roda duques franceses empoados, gladiadores de saiote, escafandristas e astronautas com seus apetrechos conversam animadamente. As alas estão todas misturadas. Penso em como essa bagunça irá se transformar num todo organizado, ala após ala, antes de começar o desfile, se falta tão pouco tempo. Pergunto a Jonas, que bebe uma cerveja sentado na guia, e ele me responde:

"Cinco minutos antes do desfile, o diretor de harmonia apita, os chefes das alas chamam seus comandados e tudo fica certo. Não me pergunte como é possível. Nunca entendi direito." Se fosse o empresário que montava as peças de Shakespeare no filme, certamente acrescentaria: *It's a mistery!*

Dez minutos antes de começar o desfile, a ala está quase pronta. Zédinho e Juca voltam de um périplo que observei de longe, no qual o sambista mangueirense apresentou ao professor de música os integrantes da velha guarda do Império Serrano. Percebo que todas as velhas guardas se conhecem, muito mais importante do que pertencer a uma escola é ter vivido junto uma mesma época, um tempo relicário que não volta mais, diria Zédinho em sua maneira de falar em forma de samba-enredo. No último momento, Jonas distribui balões de gás verdes e amarelos, que devemos soltar na hora em que pisarmos na avenida.

Nossa ala é a última, e ouvimos de longe a chamada do puxador e o início da bateria. Colocamos os chapéus de palhaço com bolas coloridas que dão o toque final na fantasia. Caminhamos na direção do desfile. Como por encanto, a garoa que caía até aquele momento passa e dá até para ver a lua: *It's a mistery!* Procuro sua boca entre os vários rostos maquiados, e continuo não encontrando. Minha mãe diria que é como nos filmes, o final feliz só ocorre no minuto anterior aos créditos. Paula puxa meu braço e grita em meu ouvido para que sua voz se sobreponha à bateria, que soa cada vez mais alto, à medida que chegamos à avenida:

"Lá na frente, quando fizermos a curva para a esquerda e entrarmos no sambódromo, olhe para a platéia. Se todos estiverem cantando o samba é porque a escola pegou. Se estiverem em silêncio, é porque a música não empolgou e o desfile está desanimado. Esse é o lado ruim de estar na última ala, dependemos do desempenho de quem vem antes."

Entramos na avenida. Soltamos os balões. A platéia aplaude. Todos cantam o samba: "Vejam, esta maravilha de cenário, é um episódio relicário, que o artista, num sonho genial, escolheu para este carnaval. E o asfalto, como passarela, será a tela, do Brasil em forma de aquarela..." Não sei sambar, mas tento arriscar uns passos. Sou salvo do vexame pela circunstância. A ala é compacta, tem muita gente, não há espaço nem para se mexer, quanto mais para dançar. Limito-me a cantar aos gritos o samba que havia decorado em meu i-pod durante a ponte aérea, como se dependesse de mim manter a platéia empolgada. Paula, Zédinho, Juca e os foliões que conheci na festa desaparecem na multidão da ala. Será que vamos nos reunir na apoteose? Será que vou encontrar você?

Ao meu lado, um homem de purpurina na barba e óculos de aro fino saltita desajeitadamente e, com um gesto largo, derruba o meu chapéu. Eu me abaixo e, com dificuldade, o coloco de novo no lugar. O mesmo homem, mais bêbado do que todos nós, o derruba de novo. Deixo o chapéu no asfalto e continuo sambando. Ou melhor, sou arrastado pela multidão e pela música: "Estava no Ceará, terra de Irapuã, de Iracema e Tupã. Fiquei radiante de alegria, quando cheguei à Bahia, Bahia de Castro Alves, do acarajé, das noites de magia do candomblé..."

À medida que evoluímos, aumenta minha vontade de encontrar você, e começo a procurar desesperadamente a sua boca desenhada nas maquiagens. É apenas na segunda parte da avenida que, finalmente, avisto ao longe o seu sorriso enorme. Tenho dificuldade para atravessar o mar de gente na sua direção. Uso a mesma técnica de deslizar entre corpos untuosos que aprendi no bloco Simpatia. Estou já perto da Apoteose quando finalmente começamos a caminhar lado a lado. Olho para você e canto o samba. Você responde com seu sorriso. Não há mais dúvida. Estamos chegando, finalmente, ao final do filme.

Beijo sua boca, e quando sinto o gosto da saliva misturado ao suor, à base e à purpurina, percebo que você não é você. Você é Marta, que me esperava no lugar combinado, ao lado do recuo da bateria. "Se eu ainda amo você, é por causa da sua imaginação", Marta grita em meu ouvido, e eu escuto como se fosse um sussurro, pois a voz está encoberta pelo batuque da escola, mais alto ali do que em qualquer outro ponto da avenida. É a primeira vez que eu e Marta fazemos juntos algo que ambos fazem pela primeira vez, como se na infância houvéssemos ido de mãos dadas ao cinema para assistir ao primeiro filme da vida de cada um. Bêbado, não entendo direito o jogo de palavras que acabo de criar, e paro de cantar o samba por um instante antes de concluir que é apenas um jogo, e não devemos perder tempo com elas, as palavras. Quando vê que estou confuso, Marta me abraça com força e me beija de novo.

Sinto que algo na parte frontal da bermuda da fantasia impede que meu corpo se cole inteiramente ao dela. É a longa narrativa que venho escrevendo para você desde hoje de manhã. Depois do desfile, terei que completá-la – e destruí-la. O que me dá pena. Passam pela minha mente vários trechos do texto, tenho a impressão de que o conheço de cor, e resolvo repassá-lo na memória. O flash-back de tudo o que eu escrevi, linha por linha, dura cinco segundos. Quando acaba, Marta continua ali, me beijando. Sinto em meus lábios o batom dela, e em nossos rostos as maquiagens se derretem e se misturam.

Começa a amanhecer, a ficar claro como Marta prefere, embora ainda esteja escuro como eu gosto.

E assim, no dia mais importante do nosso amor – aquele que fiz questão de registrar instante por instante, palavra por palavra, com o intuito de manter a salvo do esquecimento –, eu dizia: e assim, no dia mais importante do nosso amor, eu traio você.

AURORA/FICÇÃO

Este livro foi impresso na
LIS GRÁFICA E EDITORA LTDA.
Rua Felício Antonio Alves, 370 – Bonsucesso
CEP 07175-450 – Guarulhos – SP – Fax: (11) 6436-1538
Fone: (11) 6436-1000 – e-mail: lisgrafica@lisgrafica.com.br